로크미디어가
유혹하는
재미있는 세상

달빛
조각사

달빛 조각사 22

2010년 5월 17일 초판 1쇄 인쇄
2010년 5월 20일 초판 1쇄 발행

지은이 남희성
발행인 이종주

편집장 손수지
기획 팀 김명국
책임 편집 이세종

발행처 (주)로크미디어
출판등록 2003년 3월 24일
주소 서울시 용산구 청파동3가 119-2 진여원BD 5층
Tel (02)3273-5135 Fax (02)3273-5134
홈페이지 rokmedia.com · E-mail rokmedia@empal.com

ⓒ 남희성, 2007

값 8,000원

ISBN 978-89-257-1289-5 (22권)
ISBN 978-89-5857-902-1 04810 (세트)

이 책은 (주)로크미디어가 저작권자와의 계약에 따라
발행한 것이므로 본서의 내용을 무단 복제하는 것은
저작권법에 의해 금지되어 있습니다.

작가와의 협의에 의해 인지는 생략합니다.
잘못된 책은 바꾸어 드립니다.

남희성 게임 판타지 소설

차례

인어의 가방   7

위대한 건축물   37

트레세크의 승리를 알리는 뿔피리   89

본사 방문   137

자연 조각품   165

대륙을 떠도는 조각사   195

프레야 대성당   227

거부한 운명   259

인어의 가방

The Legendary Moonlight Sculptor

드디어 지골라스에서의 모험을 마치고 모라타로 돌아가기 위한 항해!

위드가 탄 배의 옆과 뒤쪽으로 행운을 부르는 돌고래와 수천 마리의 새들 그리고 인어들이 헤엄을 치며 따라왔다.

고운 선율을 연주하는 벨로트. 화령은 인어들의 시선마저 앗아 갈 정도로 아찔하게 춤을 추었다. 그 덕에 바다의 생물들이 이렇게 많이 몰려든 것이다.

"우와, 진짜 예쁘다."

"바닷속이 그대로 내려다보여요. 어쩌면 좋아, 밑에서 거북이가 수영하고 있잖아요."

로뮤나와 수르카의 감탄처럼, 푸른 하늘 아래 빠져들고 싶을 정도로 아름다운 쪽빛 바다를 지나고 있었다.

작고 예쁜 물고기들이 떼를 지어서 돌아다니고, 가재나 새우 같은 갑각류가 물속을 기어 다니는 게 보였다. 바위와 해초, 조개 들이 수백 가지 색깔들로 이루어진, 놀랄 만큼 예쁜 색채와 아름다움이 있는 바다!

일행은 모두 갑판의 끝에 붙어서 바다를 구경하기에 여념이 없었다.

"뛰어오른다. 와!"

돌고래들이 자랑이라도 하듯이 물 위로 솟구치고, 인어들이 몸을 흔들면서 유연하게 수영을 하고 있다.

그리고 위드는 입맛을 쩍쩍 다셨다.

"맛있겠군!"

해양 동물들을 볼 때마다 해산물 요리들이 끊임없이 떠올랐다.

몽땅 잡아다가 푹 끓여서 국물을 우려내고 먹어 치운다면 그것이 바다의 진미가 아니겠는가!

하지만 위드도 최소한의 인간성은 있다고 자부했다.

인어는 인간과 유사한 바다의 종족이다. 높은 지성을 가지고 있고, 언어능력도 갖춰서 대화가 이루어지기도 한다.

더군다나 모두 아리따운 여자의 외모를 하고 있었다.

순박하고 평화로운 종족.

"어떻게 야만적으로 인어들을 살육할 수 있겠어? 그건 도

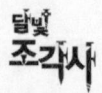

저히 용납할 수 없는 행위지."

위드는 그래서 장사를 하기로 결정했다.

"자, 자! 날이면 날마다 오는 기회가 아닙니다. 어서 골라 보세요. 구경은 공짜! 예쁜 신상 옷들이 아주 많이 모였습니다."

인어들은 인간을 잘 믿지 않고 경계했다.

'더러운 냄새가 나.'

'썩은 냄새. 언데드의 냄새야.'

위드가 리치로 활약한 이후로 약간 이상한 냄새를 풍기는 것은 사실이다. 하지만 조각품을 만들고 상업을 하면서 쌓은 명성이 매우 높다 보니 인어들의 경계심을 억누를 수 있었다.

세상에 믿을 인간이 없어서 위드를 믿고 배에 오른 인어들!

위드는 지골라스에서 테어벳과 볼라드를 사냥해서 얻은 가죽으로 만든 옷들을 내놓았다. 가방이나 조개껍질 귀걸이, 바다 돌멩이 반지 등도 진열해 놓고 인어들에게 판매했다.

'인어들도 여자일 거야. 여자들에게는 옷은 무조건 팔 수 있어.'

병원에 있는 할머니에게 내복을 선물할 때에도 회색보다는 분홍색에 꽃무늬라도 들어가야 잘 사 왔다는 말을 한 번이라도 더 듣지 않았던가.

"바다에서도 쓸 수 있는 유용한 가방! 요즘 가방 1~2개 없으면 시대에 뒤떨어지는 인어라는 소리를 들을지도 모릅니다. 좋은 가방을 가지고 있으면 외출할 때 훨씬 좋죠."

마판은 스스로 생각이 부족했다는 사실을 자책하고 있는 중이었다.

"아, 과연!"

인어도 바다에 사는 종족이라고 할 수 있다. 그들도 충분히 고객이 될 수 있었다.

그 누구이든, 대상을 철저히 사냥감 아니면 손님으로 인식하는 위드의 이분법적 사고!

'아직도 장삿속에서 위드 님을 따라잡지 못했구나.'

인어들의 머리카락은 물에 젖은 해초처럼 찰랑거렸다.

— 이 옷이 마음에 들어요.

인어들의 목소리는 영롱한 울림과 함께 귓가에서 메아리쳤다. 시냇물이 기분 좋게 흐르는 것처럼 맑은 목소리였다.

막혀 있던 가슴이 탁 트이는 것처럼 예쁜 소리를 들으면서, 위드의 머릿속은 최신형 컴퓨터에서 계산기를 실행하는 것처럼 빨리 굴러갔다.

"1,520골드입니다. 하지만 잘 어울리시니 한 벌값에 두 벌을 드릴게요. 이 모자도 한번 써 보는 게 어떨까요? 너무나 잘 어울려서 아까운데. 이렇게 예쁜 인어분들에게는 돈이 목적이 아니라, 하나라도 더 어울리게 맞춰 드리고 싶어서요."

칭찬과 바가지 그리고 덤핑까지 한꺼번에 사용하는 노회한 상술!

인어가 잘 알아듣지 못하겠다는 듯이 고개를 갸우뚱 흔들었다.

― 골드요? 옷을 가지는 데 그런 게 필요한가요?

인어들은 때 묻지 않은 순진한 종족들이었다. 인간들의 세계에 대해 호기심을 가지고 있지만, 두려움도 있어서 잘 알지는 못한다.

"인간들이 물건을 거래할 때에는 골드가 반드시 필요합니다."

위드는 품에서 오래된 니플하임 제국의 금화를 꺼내서 보여 주었다.

"이런 금화 가지고 있는 거 없어요? 아니면 보석이나 골동품, 혹은 무기나 다른 장비도 받습니다."

인어들에게 돈이 없다면 거래가 성립될 수 없는 노릇.

그러나 위드는 종족의 차이로 물건을 팔지 못할 경우에 대해서는 조금도 걱정하지 않았다.

바다에 떠도는 전설들이 어디 한두 가지던가.

폭풍우를 만나서 침몰한 상선들도 어마어마하게 많았을 것이고, 바다에서 사는 인어들은 그런 배들을 자주 봤으리라.

동화책에도 있지 않던가!

침몰하던 배에서 왕자를 구출해서 생고생을 했던 인어의 이야기가.

― 잠시만 기다려 주세요.

옷을 고른 인어들이 바다로 뛰어들더니 한참 후에 금화를 보따리째 들고 돌아왔다. 어떤 인어들은 정말 오래된 골동품들을 가져오는 경우도 있었다.

 특수하게 만들어진 도자기들, 금붙이들, 무기와 방어구, 오래된 지도, 마법 펜던트까지!

 "음, 녹이 많이 슬어서 팔 수 있을지 모르겠는데요. 이런 거 받으면 제가 손해인데… 옷이 어울리니 거래하도록 하죠."

 ― 고마워요.

 위드는 환전 바가지까지 적지 않게 씌웠다.

 먼바다의 인어들이라 그런지 레벨들이 그리 낮지 않은 편이었다. 바다 생물들을 부릴 수 있을뿐더러, 침몰선들은 몽땅 그들 차지다.

 알부자나 다름없는 고객이었던 것이다.

 ― 저와는 안 맞는 것 같아요.

 어떤 인어들은 옷을 입어 보고는 고개를 흔들며 내려놓았다.

 아무래도 위드의 옷들은 주로 인간들을 상대로 만들어졌기 때문에 옷감이나 체형상 맞지 않는 경우가 많다.

 위드는 그럴 때면 곤란하다는 표정으로 옷을 받았다.

 "입어 보신 옷은 아름다움이 묻어 있어서… 기왕이면 구입을 해 주셔야 되는데."

 구구단을 외우듯이 튀어나오는 아부들!

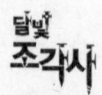

위드는 순조롭게 지골라스에서 재봉한 옷들을 판매했다.

모라타까지 가져가서 유저들에게 판매할 수도 있지만, 방어구의 경우에는 시세가 비교적 정해져 있기 때문에 인어들에게 파는 편이 바가지를 듬뿍 씌울 수 있다.

물론 가난한 인어들도 있었다.

"너희는 돈이 없니?"

— 네, 가진 게 없어요.

소녀의 티도 벗지 못한 어린 인어들이 가방을 보며 아쉬움에 지느러미를 동동 굴렸다.

위드는 이런 어린 인어들이 마음에 들었다. 좋은 고객이었다. 훌륭한 상인은 고객의 처지까지 감안해서 물건을 팔아야 한다.

위드는 물건을 팔면서, 절대 약자의 처지가 되어 상대가 사 주기를 바라지 않았다. 그런 연약한 마음은 고객으로 하여금 할인이나 경품을 바라게 만든다.

이 물건을 넌 이미 샀다!

전 대륙에서 너를 위해 만들어진 유일한 상품이다.

지금까지의 인생은 잊어라. 이 가방을 드는 순간 새로 태어날 수 있을 것이다.

이걸 안 사고 얼마나 잘사나 두고 보자!

자신감 넘치는 감언이설을 할 수 있는 원동력!

위드의 속마음은 행동과 말투로 드러나서, 어쩔 수 없이 집게 된다.

위드는 어린 인어들을 향해 자상하게 말했다.

"너희, 울 수 있지?"

— 네? 자주는 아니고 가끔 울기는 해요.

"눈물 좀 모아 줘. 그러면 가방 줄게."

— 알겠어요.

인어의 눈물은 희귀한 아이템이었다.

놔두면 진주로 변하는데, 세공을 하면 더없이 아름답다. 대륙에 가서 팔면 엄청난 상거래 명성과 교역 경험치를 얻을 수 있는 바다의 보물!

어린 인어들을 위해 동네 아저씨처럼 이야기도 들려주었다.

옛날 옛적 고래가 숭늉을 마시던 시절에 네필로스라는 왕국에 왕자님이 살았어.

키도 크고 얼굴은 꽃미남에 성격도 좋아서, 왕국 내의 모든 여자들이 그분을 좋아할 수밖에 없었단다.

왕자가 마을을 지나가면 그곳에 사는 아가씨들은 바라보는 것만으로도 행복했어.

왕자는 옷도 잘 입어서 광채가 흐를 정도였거든.

시장에서 사과를 파는 에일린이라는 아가씨도 왕자를 좋아했어. 순박하고 웃는 모습이 정겨운 아가씨였지.

그녀는 자신의 마음을 드러낼 수조차 없었어. 어머니가 일찍 병으로 죽고, 양엄마 아래에서 자라면서 돈을 벌어 오는 것에서부터 집안일까지 모두 그녀의 몫이었거든.

새벽이면 일어나서 사과를 따고, 저녁 늦게까지 사과를 다 팔지 못하면 집으로 돌아오지도 못했단다.

팔 수 없는 덜 익고 상한 사과들을 먹으면서 그녀는 사과를 팔아야 했어.

"사과 사세요. 잘 익은 사과 팔아요."

에일린이 파는 사과는 그녀의 마음씨를 닮아 꿀처럼 달콤했단다. 숲의 정령들이 그녀가 따 가는 사과에 축복을 내려 주었거든.

에일린의 사과가 유명해지고 찾는 사람들이 많아질수록 그녀는 더 일씩 일어나서 사과를 따야 했단다.

지나가던 왕자님도 그녀의 사과 상점에 들렀어.

"아가씨, 세금은 꼬박꼬박… 아니, 아가씨가 파는 사과가 맛있다는 소문을 듣고 왔습니다."

에일린은 빨갛게 잘 익은 사과를 수건으로 닦아서 왕자에게 주었지.

왕자는 맛있게 사과를 먹고 나서 말했어.

"이번 주 토요일에… 무도회를 엽니다. 하지만 아직 저와 춤을 출 사람이 정해지지 않았는데, 그대를 초대해도 될까요?"

왕자가 에일린의 번호를 따는… 아니, 데이트를 신청한 거야.

에일린은 몸 둘 바를 모르며 말했단다.

"죄송해요. 일을 해야 해서 시간이 나지 않아요."

시장에는 그녀를 시기하는 언니들과 계모도 있었거든.

왕자는 다시 말했어.

"그날 하루만큼은 일을 하지 않아도 됩니다. 국왕 폐하의 생신이라서 모두 쉬니까요. 혹시 누가 힘든 일이라도 시키는 것입니까?"

왕자는 잘생겼을 뿐만 아니라 똑똑했어. 에일린의 가정사가 왕국 내에서도 유명했기에 미리 모두가 듣는 앞에서 말해 두었지.

"왕자인 저를 무시하는 게 아니라면, 그날은 누구도 당신에게 일을 시키지 못할 겁니다."

계모와 언니들의 얼굴은 창백하게 질리고 말았지. 감히 왕자의 위엄을 거스르면서 그녀를 무도회에 나가지 못하게 할 수는 없었어.

결국 에일린은 무도회에 나갈 수 있게 허락을 받았고, 약속했던 토요일이 되었지.

왕자는 착한 성품의 아가씨를 좋아했고, 에일린은 평생 행복하게 왕자와 살 수 있을 것 같았지.

하지만 에일린은 안타깝게도 무도회에 나가지 못했어.

무도회에 들고 갈 좋은 가방이 없었기 때문이야.

마구 지어내는 삼류 스토리!

감수성이 한창 예민할 때인 어린 인어들은 눈물을 흘렸다.

― 아ㅎㅎㅎㅎ.

― 훌쩍.

위드는 인어들이 갑판에서 흘리는 눈물을 부지런히 병에 담았다.

눈물을 대가로 위드가 만든 옷과 가방, 액세서리 들이 불티나게 팔렸다.

위드가 정상적으로 판매할 수 있는 물건 가격을 제외하고 계산한 바가지로 인한 순익은 최소한 3만 5천 골드 이상!

인어들에게서 얻은 골동품들은 육지로 돌아가서 팔아 봐야 제대로 된 가격을 책정할 수 있었다.

녹이 슬어서 뽑히지도 않는 검은 트집을 잡아서 마구 가격을 후려쳤지만, 녹여서 다른 무기로 만들면 된다. 특히 인어들의 세공품이나 그들이 가지고 있던 액세서리들은, 육지에서는 엄청난 금액에도 판매될 수 있다.

3만 5천 골드는 정말 최소로 잡은 이익금에 불과했으니 하루 벌이로는 천문학적인 수익이었다.
 ─ 고맙습니다. 잘 쓸게요.
 "나중에 언제라도 또 오렴."
 ─ 내일 다시 올게요.
 "신상품 많이 만들어 놓을게."
 인어들은 가죽옷을 입고 가방에, 모자까지 쓰고 바다로 뛰어들었다.
 부유한 인어들을 보며 욕심이 나기도 했지만 그들을 공격할 수는 없었다. 베르사 대륙의 전설에 따르면 바다의 신이 만든 자식, 그리고 해룡의 친구라서 인어들을 사냥하면 엄청난 형벌을 받는다. 게다가 바다 생물들을 지배하기 때문에 인어들을 노하게 하면 곤란했다.
 하지만 위드는 오히려 인어들의 감사를 받았다. 철저하게 고객을 만족시키면서 물건을 판매하는 바가지의 원칙을 지키기 때문이었다.
 "인어들도 여자니까 구두를 좋아할 텐데 아쉽군. 신상 구두야말로 진짜 비싼 가격으로 팔 수 있을 텐데……. 그래, 물갈퀴라도 만들어서 파는 거야!"
 순박한 인어들을 된장녀로 타락시키는 위드였다.
 육지와 바다를 가리지 않고 그가 지나간 곳마다 넘쳐 나는 피해자들!

모라타가 있는 북부 대륙으로 돌아가는 항해는 바람과 해류의 도움으로 지골라스로 향할 때보다는 조금 빨라졌다.

신비로운 바다의 일출과 일몰, 그리고 먼 곳에서 들리는 알 수 없는 노랫소리.

바다 여행은 특별한 추억과 낭만을 갖기에 좋다. 화령이나 다른 일행은 일광욕을 하거나 경치를 보면서 다시 경험하기 힘든 배 여행을 즐기는 중이었다.

누렁이도 따뜻한 갑판에 배를 깔고 누웠다.

음머어어어!

문어 매운탕을 먹고 휴식을 취하는 중이었다.

보통의 황소는 먹지 못할 산해진미들을 먹었지만, 다 일당에서 제외되는 금액!

누렁이는 눈을 감고 편히 쉬었다.

지골라스에서 고생을 했으니 쉴 때는 쉬이 줘야 한다.

모라타로 향하면서 위드의 일행과 조각 생명체들은 3척의 배에 나누어서 탔다.

그런데 그들을 유유히 따라가는 거대한 섬 같은 물고기가 있었다.

지골라스를 나올 때만 하더라도 손바닥만 하던 작은 생명체가 바다로 들어가더니 산호초와 물고기 들을 잡아먹으면서 몸집이 순식간에 불어난 것.
 비늘이 바닷물과 햇빛에 반짝였다.
 외모만으로 놓고 본다면 초대형 우럭!
 와이번들은 몸무게 때문에 조각 생명체 위에 내려앉아서 따라왔다.
 눈매가 옆으로 쭉 찢어진 와칠이가 비늘에서 미끄러져서 바닷물에 풍덩 빠졌다가 올라왔다.
 고소공포증이 있지만 물은 좋아하는 수르카도 바다를 즐기기 위해서 물고기에 탔다.
 "넌 이름이 뭐니?"
 물고기는 수면으로 약간 가라앉더니 몸을 바다 위로 띄우면서 말했다.
 "거북."
 "거북이야? 등껍질도 없고, 거북이는 아닌 것 같은데."
 "거북, 거북."
 스스로를 거북이라고 말하는 조각 생명체.
 평생을 멸종 생명체들을 조각하던 라트체리가 만든, 지골라스에 있던 몇 안 되는 명작 조각품이었다.
 원래의 이름은 말레인스 에우노토 터틀!
 심해에 사는 초거대 거북이로, 성장하면 머리와 꼬리를 제외한 부분에 갑주가 자라난다.
 지골라스에서 생명을 부여받고 태어난 것 중에는 잘생기

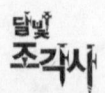

고 예술적인 녀석들 외에도 희귀, 멸종 생명체들이 많았다.

위드는 옷에 단추를 끼웠다. 인형 눈 붙이기와 더불어서 가장 예민해지는 작업!

지긋지긋하기 짝이 없었지만, 단추나 인형 눈에는 단 1개의 실수도 용서할 수 없다.

"단추는 조개껍질을 갈아서 만들어야지. 여러 빛깔의 조개껍질들을 끼우면 상품 가치가 높아질 거야. 물론 원료값은 들지도 않을 거고, 희소성이 있어서 팔기도 좋을 거야."

원가 절감과 바가지를 씌우기 위한 궁리야말로 장사의 근본정신이라고 확신하고 있는 위드!

인어들로부터 얻어 낸 아이템 중에 오래된 지도들도 확인했다.

"감정!"

플라네티스해 어딘가의 지도 : 내구도 3/10.
무엇을 기록했는지 알 수 없는 지도다.
별의 위치, 바람과 해류를 바탕으로 제작되어 있다.
보물 등급 : D

"보물 지도라."

해적들이 숨겨 놓은 보물이 있을 가능성도 높고, 침몰선의 위치를 알려 주는 것일지도 모른다. 아니면 가치가 높은 해양 생물에 대해서 기록되어 있을 수도 있다.
　아쉬운 것은 지도가 낡아서 군데군데 지워진 부분이 있다는 것이다.
　"유린이가 복원을 할 수도 있을 것 같은데."
　지도의 복원은 모험가나 화가의 스킬에도 있었다. 물론 위드는 가지고 있지 않았다.
　그림 그리기 스킬의 레벨이 낮았고, 아직은 물감을 섞는 정도에만 활용할 뿐이다. 갑옷은 금속을 이용하여 색채를 조합해도 되지만, 재봉으로 만든 옷들은 염색을 하는 과정이 필요했기 때문이다.
　"보물 등급 D라면 어렵게 찾아가더라도 수고에 비해서 소득이 크지는 않을 거야."
　위드는 바다에서의 모험도 다채롭고 많다는 것을 알고 있었다.
　인어들이 모아 온 잡다한 지도만 해도 무려 한 보따리가 넘었다. 해양 생물이 있는 곳, 소용돌이나 해저 동굴 같은 지형을 알려 주는 지도 등!
　육지에서의 던전 탐험 못지않게 바다에서도 할 일이 많았다.
　하지만 위드의 항해술을 바탕으로 모험을 하기에는 시간

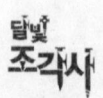

이 너무 오래 걸렸다. 바다의 해류에 대한 정보, 해저 지형과 암초, 바람 등을 파악하는 것만으로도 1~2년은 족히 걸릴 수 있다.

이번에는 어쩌다 지도와 퀘스트 때문에 지골라스까지 찾아갔지만, 바다의 모험가들은 따로 존재했던 것이다.

"이런 지도는 차라리 옷을 만드는 데 쓰자."

절로 여행을 떠나고 싶게 만드는 디자인. 실제 보물의 위치를 알려 주는 옷이다.

위드는 오래된 지도의 가죽이나 천을 수선해서 옷과 가방들을 만들었다.

"운이 좋은 누군가는 찾아내겠지."

보물이 숨겨진 옷이라는 명목으로 좀 더 높은 가격을 받을 테니 위드로서도 손해는 아니다.

항해를 하는 동안에는 딱히 할 일이 많지 않아서, 가지고 있는 해양 지도들로 모조리 옷을 만들었다.

세찌는 오랜만에 제대로 된 바다낚시에 푹 빠졌고, 페일과 메이런은 배의 안 보이는 곳에 가서 서로에게 회를 먹여 주는 닭살 행각을 벌였다.

화령과 벨로트는 이리엔, 수르카, 로뮤나와 함께 가벼운 차림으로 일광욕을 즐기다가 해양 생물들을 상대로 공연을 했다.

서윤은 갑판에 서서 위드가 일하는 것을 보다가, 돛대에 앉아서 바다를 구경했다.

전투 시에 용맹을 불어넣는 전사의 가면을 착용하고 있어서 얼굴은 보이지 않았지만, 그녀의 머리카락이 휘날리는 장면만으로도 화보의 일부분이었다.

 그녀는 위드가 아닌 사람과는 대화를 하지 못했고, 목소리조차도 들려주지 않았다. 아직은 편안하지도 않고 어색함 또한 많이 남아 있으리라.

 위드는 그녀가 혼자 있는 것을 보면서도 다가가서 말을 걸지 못했다.

 '지골라스에서는 신세를 많이 졌는데… 그녀 덕분에 의뢰도 할 수 있었고, 헤르메스 길드와도 싸울 수 있었지.'

 고마운 마음이야 충분하지만, 서윤을 볼 때마다 그녀의 아버지가 자꾸 떠올라서 전처럼 편안하게 대할 수가 없었다. 가끔 먹을 것을 전해 주면서 눈빛을 교환하는 정도였다.
"조각품이나 만들어야겠군."
 위드는 맑은 하늘에 바닷물을 모아서 구름을 띄웠다.
 흰 구름과 먹구름 들.
 구름 조각술을 익히기에는 바다가 최적의 장소였다.
 더없이 신비롭고 아름다운 광경이라서 베르사 대륙으로 돌아가면 엄청난 화제를 불러올 수 있을 것이다.
 서윤이 하늘을 바라보고 있었다.
 위드는 항상 나름대로 진지한 조각품, 예술성을 높여서 조각술 숙련도를 올릴 생각을 하며 조각을 했지만 지금은 뜬금

없는 조각품을 만들었다.

교관의 통나무집에서 함께 고기를 구워 먹던 장면을 조각품으로 만든 것이다.

구름 조각품치고는 나오는 인원수가 여럿이고 규모가 커서 빨리빨리 만들어야 했는데, 위드의 손놀림에 힘입어 충분히 알아볼 수 있을 정도의 작품이 나왔다.

물론 엉성해서 작품으로서의 가치는 거의 찾기 힘든 수준!

가면을 쓰고 있어서 서윤의 표정은 알아볼 수 없었지만, 구름 조각품을 쳐다보는 시선에 기뻐하는 감정이 있을 거라고 위드는 생각했다.

'구름이 바다 위를 잘도 흘러가는군. 이 주변에 있는 해산물의 가격이 엄청날 텐데. 대게를 잔뜩 잡아다가 육지에서 팔면 그게 다 얼마일까. 싱싱한 참돔도 낚아 주고, 갯벌에서는 꼬막이라도 캐서 팔면…….'

바다는 자원의 보고. 어류와 해산물을 몽땅 잡아다가 팔면 그게 다 돈이다.

'바다에서도 땅 투기를 할 수 있으면 참 좋을 텐데.'

그렇게 바다를 가로지르며 북부 대륙으로 향했다.

모라타에서는 어설프게나마 가죽 갑옷을 차려입은 유저들

이 분주히 길을 오가고 있었다.
"대장장이님, 주문한 장검은 언제쯤 나오나요?"
"이름이 뭔데요?"
"멸치찌개요."
"스물세 번째 순서네요. 한 이틀 기다리셔야 되겠는데요."
"으흑, 어떻게 더 빨리 안 되나요?"
"여기 밀려 있는 사람들을 보세요."
대장장이의 뒤로 주문을 위해 서 있는 손님들!
이곳뿐만이 아니었다. 대장장이나 재봉사 들은 넘쳐 나는 주문들로 인하여 비명을 지를 정도였다.
"보라색 화살 팝니다. 모라타 뒷산에서 캐낸 독초로 만든 화살이에요. 물량은 2,000개가 있으니 빨리 오세요."
"실력 있는 마법사가 파티 구합니다. 이틀 정도 제대로 사냥하실 분만 초대해 주세요. 간단한 마법 부여도 해 드림. 유효기간 사흘 보장합니다."
"몬스터만 보이면 달려가는 전사 셋이 여기 있습니다. 치료해 주실 성직자 계시면 바로 던전으로 갑니다."
"플리오의 검 80개 팝니다. 선착순으로 150골드에 깔끔하게 팔아요. 사냥 같이 가실 분도 환영해요."
"길잡이가 던전까지 안내해 드립니다."
모라타 전체에 넘치는 활력!
사람들은 여행과 모험, 사냥 등으로 즐거움을 감추지 못하

는 모습이었다.

광장에서 물건들을 사고팔고, 파티를 구해서 던전이나 사냥터로 떠났다.

"이리 와."

음머어어어.

특이한 점으로는, 상인이 아니더라도 송아지를 1마리씩 끌고 다니는 경우를 쉽게 볼 수 있다는 것이었다.

소를 타면 이동속도도 걷는 것보다 빠르고, 배낭 등의 짐을 올려놓을 수도 있어 편하다.

일가족이 함께 로열 로드를 하는 경우도 많았다.

"동생 장검이라도 하나 사 줘야 되는데… 소 1마리 팔아야겠군."

소 팔아서 장비까지 장만할 수 있으니 초보 유저들에게 소는 필수였다.

어떤 유저들은 게시판에 '모라타에서 성장하는 법'이란 글도 올렸다.

제목 : 모라타의 초보 유저들이여!

저는 중앙 대륙에서 시작한 유저입니다. 모라타에 와서 판잣집을 얻어 정착한 데르벨이라고 하죠.

모라타에서 시작할 유저들을 위해서 몇 가지를 써 봅니다.

1. 조각품을 감상하라

모라타의 영주이며 위대한 조각사가 만든 작품들이 곳곳에 있습니다. 직업에 따라서 조각품들을 보면 굉장히 큰 도움이 될 것입니다.

중앙 대륙에서도 볼 수 없는 큰 행운이죠.

야밤에 빛의 탑 주변에는 선남선녀들도 많이 서성이고 있고, 프레야 여신상 주변에서는 청초한 여자 성직자들을 볼 수 있답니다.

2. 돈을 모아서 예술 회관에 입장하라

대륙 어디에서도 찾아보기 힘든 모라타 예술 회관은 반드시 들어가 봐야 되는 장소입니다.

초보 시절에는 이 예술 회관에서 얻는 스탯들이 정말 커다란 도움이 되죠.

베르사 대륙의 다른 곳에서도 이 예술 회관 때문에 일부러 찾아올 정도인데, 멀리 찾아갈 필요도 없이 시작한 도시에 예술 회관이 있으니 얼마나 좋습니까?

3골드라는 입장료가 초보들에게는 엄청 큰돈이긴 하지만, 절대 후회할 일은 없을 겁니다.

작품들을 보면 너도나도 조각사나 화가가 존경스러워지고 그들에게 친절해질 것입니다.

잊지 마세요, 예술 회관에 좋은 작품이 늘어날수록 우리에게 도움이 됩니다.

3. 너무 멀리 가진 마라

모라타는 하루가 다르게 엄청나게 번성하고 발전하는 도시입니다. 베르사 대륙 전체를 뒤져 봐도 이런 곳이 없을 겁니다.

반면에 단점으로는, 여러 탐험대가 돌아다니고 있긴 하지만 북부 대륙 자체가 밝혀지지 않은 장소들이 워낙에 많습니다. 그러므로 확실한 능력을 갖추기 전에 도시에서 크게 벗어나면 살기 어렵습니다.

이건 기초에 가까운 내용이지만, 워낙 모라타가 보일까 말까 한 장소에서 죽으신 분들이 많아서 써 보았습니다.

4. 동료들과 함께하라

모라타에는 여러분과 비슷한 레벨이 엄청나게 많습니다. 그들과 함께 성장하면서 모험을 해 보세요.

도움도 많이 되고, 나중에 친구들도 사귈 수 있습니다.

5. 직업 선택은 자유롭게

모라타에서 최근 각광받는 직업은 누가 뭐라고 해도 정령사입니다.

말 잘 듣는 화돌이와 흙꾼이를 데리고 사냥을 하는 기쁨!

정령들은 외모도 매력적이고, 화려하기까지 하죠.

하지만 모라타에서 한 직업으로 쏠리는 것은 시시한 일입니다.

모라타의 영주가 조각사이지 않습니까?

전투형 직업 외에도 예술 계열 직업이나 생산직을 해 보는 것도 인기가 좋을 겁니다.

프레야의 사제는 누가 뭐라고 해도 최고죠.

자기가 정말 바라던 직업을 갖고 베르사 대륙을 마음껏 누비는 것이야말로 우리가 진정 바라던 일이 아니겠습니까.

6. 자신만의 집을 가져라

모라타에서는 내 집 마련의 꿈을 이루기가 쉽습니다.

판잣집이라도 한 채 있으면 훨씬 애착도 가고 든든하죠.

집은 휴식이나 물건을 보관하는 용도로 쓸 수 있고, 마당에는 나무도 심을 수 있습니다.

모험을 마치고 돌아와서 프레야의 신전에서 성수를 조금 얻어 나무를 키워 보세요. 나무들이 정말 빨리 자라고, 열매도 풍성하게 열립니다.

그 열매들을 시장에서 팔아서 돈을 벌 수 있을 뿐만 아니라, 프레야 여신의 축복을 받아서 행운이나 여러 추가적인 효과를 얻을 수 있을 겁니다.

7. 주민들이 필요로 하는 물건들을 구해 주자

모라타 주변에서 짐승과 몬스터의 가죽 등을 구해 주면 주민들과의 친밀도를 올리기가 좋습니다.

그러다 보면 좋은 아이템도 얻을 수 있는데, 팔아서 초보용 무구

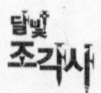

들을 구하기가 정말 좋죠.

8. 치안군을 이용하라

글이 너무 길어지는군요.

하지만 이건 모라타에서 가장 중요한 부분입니다. 제가 꼭 드리고 싶은 말이기도 하고요.

중앙 대륙의 여러 성과 도시 들을 가 봤지만, 모라타의 특색이 예술의 발전과 함께 가장 크게 두드러지는 부분이 바로 이 항목입니다.

모라타의 영주는 난이도가 높은 여러 퀘스트들을 성공시켜서 명성이 대단할 것으로 짐작됩니다. 그리고 주변에는 파헤쳐지지 않은 던전과 사냥터가 많습니다.

모라타의 군대는 주변 지역의 치안을 안정화시키기 위하여 프레야 교단의 사제들과 함께 끊임없이 정벌에 나서고 있습니다.

이런 원정대에 속해서 부지런히 사냥을 하다 보면 친밀도나 공헌도 그리고 스탯과 경험치를 올리기에 유리합니다.

모라타의 영주 위드가 병사들이나 주민들과 얼마나 친한지는 다들 익히 알고 계실 겁니다.

세상에 우연이란 많지 않죠.

모라타에 와서 예술 작품들을 감상하며 스탯을 올려 본 유저들이라면 이렇게 조금씩 쌓인 스탯들이 얼마나 큰 도움이 되는지 아실 겁니다.

우리도 위드처럼 될 수 있습니다.

9. 퀘스트를 하자

모라타에는 북부에 흩어져서 살던 주민들이 많이 모여 있습니다. 그들 중에는 역사적인 유물이나 특이한 사연을 가지고 있는 이가 많죠.

주민들의 퀘스트를 따라가다 보면, 여러 개가 이어진 연계 퀘스트를 할 수도 있습니다.

미리 포기하지 말고 끝까지 가 봅시다.

베르사 대륙의 즐거움을 우리가 몽땅 경험해 보는 겁니다.

간단히 쓰려고 했는데 흥분하다 보니 글이 많이 길어졌습니다.

혹시라도 모라타에서 창을 들고 있는 전사, 데르벨을 보면 반갑게 인사라도 해 주세요.

모라타에 직접 와서 생활하는 고레벨 유저의 글이었다.

모라타에서는 레벨이 로열 로드의 최상위권에 속하는 몇십 명의 유저들이 모험을 하고 있었다. 데르벨도 그들 중 1명으로, 그가 게시판에 올린 글은 댓글 숫자만 7,000개가 넘을 정도로 인기였다.

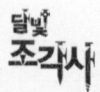

이체와 에이라는 모라타의 여사제들이었다.

그녀들은 프레야 교단에 속해 있으면서 모험을 했다. 사제들끼리도, 쉽지는 않지만 파티 사냥을 할 수 있다. 성기사들과 함께 전투를 할 때는 최고의 효율을 보이는 직업이었다.

교단의 늙은 여사제가 말했다.

"조각사 위드라는 사람은 정말 믿을 수 있다고 하더군. 그에게 맡기면 해결되지 않는 의뢰가 없다지?"

경비병들도 곧잘 말했다.

"프레야 교단은 위드에 대해 감사하는 마음을 잊지 않았지. 프레야 교단의 잃어버린 성물들을 되찾아준 은인이니까."

"위드라는 조각사가 경이로운 모험을 마쳤다는 것을 자네들도 알고 있겠지. 나도 그런 모험에 참여해 보고 싶어. 아니면 그의 모험 이야기를 들을 수라도 있으면 좋을 텐데."

모라타에서는 위드에 대해 이야기하는 주민들의 모습을 자주 볼 수 있었다. 엉뚱였으니, 그의 의뢰가 모라타에 끼쳐 온 영향이 대단히 컸기 때문이다.

"위드는 얼마나 특별한 사람일까?"

"용맹하고, 명석한 머리에, 물러설 줄 모르는 남자?"

이체와 에이라뿐만 아니라 모라타의 여성 유저들 사이에서 위드의 인기는 절정이었다.

위대한 건축물

위드가 탄 배는 바다를 지나서 북부 대륙 근처까지 왔다.

인어들이 좋아할 만한 잡템은 모두 처분하고, 구름 조각술을 펼치는 데 전념하면서 조각술 숙련도를 올렸다.

"구름은 상당히 까다롭군. 만들어야 하는 주제를 정하기도 힘들고, 표현에 있어서도 쉽지 않아."

돌과 나무 등을 재료로 쓸 때에는 무소선 크기로 부족한 예술성을 채웠지만, 구름 조각술에서만큼은 해당되지 않았다.

물을 빚어서 구름을 만들기 때문에, 수천 배 이상으로 거대해진다. 실수가 두드러지게 보이기 마련이었고, 바람이 불면 금방 흐트러져 버렸다.

잠깐 동안만 형태를 유지할 수 있는 구름으로 예술 작품을 조각한다는 것은 매우 난해한 주제였던 것이다.

"물고기들이나 만들어야지. 광어, 우럭, 새우, 꽃게 들을 기본으로 참치나 고래 들도 만들어야겠어."

예술품이 아닌 타협!

조각술 숙련도를 올리기 위한 노가다로, 닥치는 대로 이것 저것 만들었다.

그렇게 100여 개의 구름 조각품들을 만들었을 때, 신비한 자연현상이 벌어졌다.

배가 전진하는 방향으로 희고 검은 구름이 잔뜩 끼었다. 바람이 부는 방향에 따라서 위드가 조각한 구름이 이동하고, 하늘을 뒤덮었다.

악천후라고 할 것까지는 없었지만, 촉촉한 이슬비가 바다로 떨어졌다.

"와아……."

"정말 세상에서 가장 아름다운 광경이다."

늘어져라 낮잠을 자고 쉬고 있던 일행이 벌떡 일어나서 뱃머리로 왔다.

어두운 하늘에, 구름과 구름 사이로 빛이 내리고 있었다.

띠링!

―자연의 조각품을 만드셨습니다.

빛이 내리는 바다
대자연의 비경이 재능이 충만한 조각사에 의해 재현되었습니다.

-조각술 스킬의 숙련도가 향상되었습니다.

-자연 조각술 스킬의 레벨이 초급 3으로 상승했습니다.

-명성이 145 올랐습니다.

-예술 스탯이 7 증가합니다.

-자연과의 친화력이 15 늘어납니다.

-지혜와 지력, 행운이 3씩 높아집니다.

-모든 스탯이 2씩 늘어납니다.

바다에서 보는 빛 내림은 장엄하기까지 했다.

구름 조각술로 무엇까지 만들어 낼 수 있을지는 아직도 짐작하기 어렵다. 하지만 빛과 구름을 조각해서 이보다 멋진 작품을 만들기가 어디 쉬울 것인가.

스탯의 증가도 제법 짭짤한 수준이었다.

위드의 경우에는 작품을 만든 것에 대한 보상으로 스탯이 늘었지만, 동료들은 감상하는 것만으로도 다양하게 스탯이 증가했다. 이리엔의 경우에는 신앙심이 많이 늘었고, 로뮤나는 지혜 스탯이 5개나 증가했다. 화령에게는 매력이었다.

자연의 조각품을 보며 특기에 따라 골고루 스탯을 획득한 것이다.

"우와, 너무 멋지다."

동료들이 놀라움을 감추지 못하고 있었다.

위드의 입가에 자만심 가득한 썩은 미소가 그려졌다.

"뭐, 이 정도야 기본이지."

누렁이가 뒷걸음질 치다가 그리핀이라도 밟은 격이었지만 어쨌든 결과만이 중요할 뿐.

지골라스에서 위드에 의해 탄생하여 좁은 배에 머무르고 있던 조각 생명체들도 갑판으로 나와서 빛이 내리는 바다를 보았다.

띠링!

- 조각 생명체들의 스탯이 증가합니다.

예술에 의해서 탄생한 조각 생명체들이기에, 조각품을 보면서 다른 종족들처럼 영향을 받았다.

육지가 가까워졌다. 길었던 항해를 마무리할 시간이 다가온 것이다.

위드와 일행은 상륙 준비를 하고, 조각 생명체들도 바쁘게 움직였다. 짐이 들어 있는 배낭을 챙기고, 늘어놓았던 낚싯대와 요리 도구 들을 거두었다.

그런데 희귀하게 태어난 조각 생명체들, 멸종을 겪었던 생명체들에게는 특유의 본능이 있었다. 그들은 계속 위드를 따르지 않고 종족 번식을 위해 떠나겠다는 말을 했다.

"암컷을 찾고 싶다. 자식을 낳고 싶다. 먼 곳으로 가면 동족을 만날 수 있을지."

"우리에게 자유를 준다면 넓은 땅으로 가서 일족을 일구면서 살고 싶다."

조각 생명체들의 강력한 요구!

짝 없이 평생을 살다가 쓸쓸히 죽어 가는 건 너무도 딱했다. 그런데 1~2마리의 요구가 아니라 지골라스에서 탄생시킨 생명체들의 삼분의 일에 육박하는 정도였다.

"크흐흠."

위드는 골치 아픈 상황에 처했다.

원래 계획대로라면, 조각 생명체들을 탄생시키고 나서 존경과 추앙을 받으려고 했다. 그러나 권위나 무력으로 다스리기에는 한꺼번에 태어난 조각 생명체들이 너무 많았던 것.

그들이 눈을 반짝이면서 위드를 쳐다보고 있었다.

인자하고 착한 위드라면 틀림없이 허락을 해 줄 것이라고 믿으며!

하지만 위드의 머릿속에 들어 있는 생각은 전혀 달랐다.
'역시 패야 됐어.'
그렇다고 강제로 붙들어 놓고 노예처럼 부려 먹는다면 반란이 일어나거나, 외로움에 탈출해 버릴지도 모를 일.
조각 생명체들을 다스리는 것도 쉬운 일은 아닌 셈이다.
위드의 통솔력 스탯이 높았기에 와이번들이나 빙룡이 꿈쩍을 못 했을 뿐이다.
개성 강한 조각 생명체들은 자유분방한 삶을 추구한다. 군대처럼 통제하기란 애초부터 불가능한 것이었는지도 모른다.
위드는 어렵게 입을 떼었다.
"이 넓은 대륙에서……."
부려 먹을 일이 얼마나 많은데 가려고 하느냐.
"너희가 원하는……."
세상에 원하는 것만 하면서 살 수는 없다.
"삶을……."
마음 같아서는 소들에게 하듯 코뚜레라도 만들어 채워서 부리고 싶은 심정.
당장 수컷이나 암컷을 만나고 일족을 키우더라도, 어떤 이득을 기대하기에는 너무도 많은 시간이 걸릴 것이 아니던가.
"살도록 하여라."
마지막 말을 하는 위드의 눈가에 살짝 이슬이 맺혔다. 조

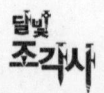

각 생명체들과의 이별을 진심으로 아쉬워하는 얼굴이었다.

다만 다른 주인들이 애정의 눈물을 보여 준다면, 위드의 경우에는 상실에 대한 아까움의 눈물이라는 점이 달랐다.

"지금 떠나겠다."

떠나기로 한 희귀 생명체들은 초거대 거북이에 타고 다시 먼바다로 향했다.

위드가 그들이 완전히 보이지 않을 때까지 애타게 쳐다보았지만, 어떤 금붙이나 보상도 남기지 않은 채!

"이곳에서 하루 정도 부지런히 가시면 모라타에 도착할 겁니다요."

헤인트는 육지에 올라서 고개를 숙이면서 굽실거렸다.

드디어 길었던 그들의 지골라스 여행도 끝나는 순간이었다.

물론 지골라스는 제대로 구경도 못 해 봤지만, 새로운 항로를 개척했다. 안전한 북쪽 항로를 바탕으로 해서 여러 섬이나 사냥터, 재배지 등을 발견할 수 있을 것이고, 그로 인한 수익은 쏠쏠할 것이다.

이제 이 악마 같은 위드와도 헤어져야 할 때가 왔다.

"헤헤헤. 신세 많이 졌습니다. 덕분에 재밌는 모험을 했습니다."

"앞으로는 정말 착하게, 다른 유저들의 등도 치지 않으면서 욕먹지 않게 열심히 살겠습니다. 위드 님도 하는 일 잘되시길 바랍니다. 위드 님의 모험을 앞으로도 계속 지켜보겠습니다."

"저도 새로 태어난 것처럼 제대로 살아 보겠습니다. 바다로 또 나갈 일이 생기시면 언제든지 저희를 불러 주세요."

비록 잘못된 선원 계약으로 이루어진 관계였지만, 구경도 많이 했고 모험의 결과물을 돌아보면 나쁘지만은 않았다.

그렇게 베키닌의 3마리 미친 상어들이 잘 가라면서 정중한 작별 인사를 했다. 물론 위드가 다시 부른다고 해서 오고 싶은 마음은 티끌만큼도 없었지만.

"허어."

위드는 크게 한숨을 쉬었다.

조금은 미운 정이 들었다고도 할 수 있는데 헤어지는 마당에 구태의연한 인사를 받고 있자니 정말 어디서부터 가르쳐야 할지 갑갑하기 짝이 없었다.

위드가 인상을 찌푸리며 물었다.

"정말 앞으로는 다른 사람에게 피해도 안 주고, 그렇게 선량하게 살 거야?"

"물론이죠. 초보 유저들도 많이 도와주면서 착하게 살 겁니다."

헤인트가 간교하게 눈동자를 굴리다가 대답했.

나중 일이야 솔직히 어찌 될지 모른다. 하지만 지금의 심정은 진심이었다.

위드와 동행한 것뿐 아니라 하벤 왕국의 함대, 해적단과 해상전을 벌였던 기억은 진정 잊지 못하리라.

잘은 모르지만 그들도 방송을 타서 엄청나게 유명해졌을 것이다. 하벤 왕국의 전투함과 해적선 사이를 누비면서 키를 돌리던 손맛은 정말로 짜릿했던 것이다.

자잘한 좀도둑질이나 하던 과거는 식상해졌다. 그들의 힘으로 바다에서 무언가를 해 보고 싶었다. 지골라스까지 먼바다를 다녀오고 나니, 사나이의 웅대한 포부가 키워졌다.

위드는 어리석다는 듯이 고개를 저었다.

"착하고 고리타분하게 살 필요 없어."

"예?"

"그건 손해 보는 거야. 착한 사람들이 칭찬을 받는 건 아무 이득을 바라지 않고 베풀기만 하기 때문이야. 악독하고, 야비하고, 비겁하고, 파렴치하게 살아야 남들보다 빨리 성장하지."

"오오, 과연!"

전쟁의 신 위드의 말이니 절대적 진리!

"언제나 노력해. 내 것은 절대 잃지 말고, 남의 것은 침부터 먼저 바르고 봐. 내 것이 아니라고 포기부터 하면 안 된다. 욕심내다 보면 기회가 생길 수도 있는 거지. 그리고 뒷수습은 항상 잘하도록 하고."

베키닌의 3마리 미친 상어들은 위드도 그들과 동류라는

사실을 다시 되새겼다.

'이 나쁜 놈.'

'진짜 존경심이 우러나올 정도로 멀쩡하게 나쁜 놈이다.'

'내가 노력한다고 해서 이렇게 성공한 나쁜 놈이 될 수 있을까?'

욕이 아니라 존중의 마음을 담은 '나쁜 놈'이었다.

악당을 꿈꾸는 이들에게는 가히 신앙의 대상이 될 만한 존재.

"그럼 가 보겠습니다."

"살펴 가도록 해. 땅바닥에 떨어진 돈이라도 주울 수 있게."

베키닌의 3마리 미친 상어는 위드의 일행과도 작별을 나누었다.

"이렇게 헤어지게 되는군요."

벨로트와 인사를 나눌 때, 헤인트는 섭섭해졌다.

술집에서 만난 벨로트 때문에 일에 말려들게 되었지만, 거친 바다 생활을 하면서도 그녀를 보면 힘이 났다. 원망하는 마음도 잊어버리고, 떠나려니 다시 못 본다는 생각에 그리워질 것만 같았다.

헤인트가 침을 꿀꺽 삼키고 나서 말했다.

"벨로트 님, 저라도 괜찮다면 친구 등록을 해 주시겠습니까?"

돌발적인 친구 등록 제안이었다.

벨로트는 잠시 머뭇거리다가 고개를 끄덕였다.
"네, 좋아요."
"나중에 연락드리겠습니다."
헤인트는 더없이 기뻐하면서 다른 일행과 인사를 나누었다.

그 장면을 침을 흘리며 지켜본 프렉탈과 보드미르도 그냥 헤어질 수는 없다는 마음에 화령에게 이야기했다.

"첫눈에 화령 님의 아름다움에 반했습니다. 미처 많은 이야기를 해 보지는 못했지만, 기회를 주신다면 제 남자다운 모습을 보여 드리고 싶습니다. 저와 친구 등록을 해 주세요."

"저도 친구 등록을 바랍니다, 화령 님. 평생 본 중에 가장 예쁜 분이십니다."

페일과 이리엔, 수르카, 로뮤나는 안됐다는 듯이 그 둘을 보았다.

화령이 위드를 좋아하고 있다는 사실을 그들끼리는 알고 있는 바!

'불쌍히게 치이겠군.'

'안됐다. 화령 님은 자기가 좋아하지 않는 사람에게는 엄청 까탈스러운데.'

그런데 화령은 선뜻 고개를 끄덕였다.

"저도 멋진 분들과 여행을 해서 영광이에요. 친구 등록을 해요."

프렉탈과 보드미르가 속으로 환호를 하고, 일행은 그렇게 베키닌의 3마리 미친 상어들과는 이별을 했다.
　그들은 지골라스에서부터 타고 온 3척의 배를 그대로 인수해서 끌고 가기로 했다. 가지고 있는 돈은 없었지만, 값나가는 장비 물품들을 내놓고 조금 낮은 가격으로 산 것이다.
　배를 거래할 때는 항구까지 가야 하고 제법 시간이 걸리기 마련이니 위드로서는 빨리 처분할 수 있어서 이득이다.
　3마리 미친 상어들도, 베키닌으로 돌아가서 팔더라도 발품을 판 수고비쯤은 건질 수 있었다.
　그들이 탄 배가 바다 안개 속으로 사라질 때였다.
　벨로트가 화령을 향해 물었다.
　"언니는 친구 등록을 왜 받아 줬어?"
　"앞에 두고 거절하기는 어색하고 민망하잖아. 받아 주고 나서 나중에 삭제하는 거야."
　"나도 그렇게 하는데."
　인기가 많은 둘은 평소에도 친구 등록을 요청하거나 전화번호를 물어보면 알려 주고 수신 거부를 하는 방법을 사용했던 것이다.

　"이제 거의 다 왔군."

위드는 누렁이를 타고, 일행은 다른 조각 생명체들을 탄 상태로 언덕 하나만을 남겨 놓았다.

상인들이 바쁘게 오가고, 허술한 복장을 한 초보자들이 활기차게 몰려다니고 있었다.

드디어 돌아온 위드의 도시였다.

"어릴 때부터 집에서 강아지를 길렀는데, 제가 원래 개를 좋아하거든요. 켈베로스야, 나중에 시냇물에서 목욕시켜 줄게."

머리가 셋 달린 시커먼 개를 타고 가는 수르카는 연방 귀엽다고 머리를 쓰다듬어 주었다.

지옥의 파수꾼, 켈베로스의 조각 생명체가 그저 강아지처럼 느껴졌던 것!

위드만큼은 아니지만 여러 곳을 돌아다니면서 사냥을 했던 일행에게 몬스터들은 무섭지 않았다. 배를 타고 돌아오는 길에 창을 들고 덤비던, 끔찍하게 생긴 프로그맨들을 사냥할 때에도 그들은 겁먹지 않았다.

'몬스터들은 밥, 아이템, 경험치!'

위드 덕분에 몬스터들을 대하는 게 자연스러워진 일행이었다.

켈베로스는 꼬리를 흔들면서 애교를 부렸다. 혀를 내밀어서 수르카의 손을 핥기도 했다.

영락없이 조금 큰 개의 모습이었지만, 전투가 벌어지게 되면 어떤 모습으로 바뀔지는 모른다.

모라타로 이동하며 오랜만에 고기를 먹고 싶어서 사냥감을 구하려고 했던 때가 있었다. 켈베로스가 냄새를 킁킁 맡더니 수풀 사이로 뛰어 들어가 불과 2분 만에 야생 멧돼지를 물고 돌아왔다.

위드는 그때 이름을 지어 주었다.

"넌 사냥개라고 하자."

그냥 떠오르는 대로 지어 주는 이름! 하지만 그런 만행을 동료들은 참지 못했다.

"그게 뭐예요. 이름을 너무 대충 지으시는 것 같아요."

"켈베로스 닮았잖아요. 켈베로스라고 불러요."

벨로트와 로뮤나가 항의했지만, 위드는 귀담아듣지 않았다.

"안 됩니다."

"왜요! 켈베로스라고 부르면 안 되는 어떤 이유가 있는데요."

"부르기 귀찮으니까요."

개들은 그냥 몸보신이 딱이었지만, 여름만 되면 충성심이 저하될 수가 있다.

사냥을 하는 개이니 사냥개가 최적!

그럼에도 동료들이 부르는 이름에 더욱 열심히 꼬리를 흔들면서 좋아하는 바람에 결국 켈베로스라고 이름이 지어지고 말았다.

위드는 다른 조각 생명체들에게는 야밤에 적당한 이름들을 지어 줬다.

"넌 시골뱀 하자."

수십 가지의 색깔과 무늬를 가진 우아한 뱀에게는 시골뱀이란 이름을 지어 줬다.

"너는 지렁이라고 하자."

데스웜.

땅속을 파고 들어가며 최대 200미터까지 몸이 커지는 초거대 몬스터.

지골라스에서 생명이 부여되었을 때에는 몸이 1미터 정도의 크기였지만, 음식을 섭취하는 족족 커져서 현재는 8미터나 됐다. 제피가 낚시를 하면서 탐내던 미끼였지만, 지금은 너무 커져서 고래도 삼킬 수준이었다.

데스웜은 지금까지 거의 잡힌 적도 없는 몬스터다.

"넌 돌쇠라고 부를까?"

기사의 이름은 돌쇠라고 지어 주려다가 잠시 의견을 물어보았다.

기사들은 고고하고 자존심이 강하기에, 아무 이름이나 지어 주었다가는 대번에 자유 기사가 되어 떠나 버리는 수가 있었던 것이다.

기사는 자신의 이름을 직접 말했다.

"제 이름은 세빌 프렉스턴으로 하겠습니다."

"이유는?"

"저를 조각해 준 주인을 기억하기 위해서입니다."

충성심이 강하고, 빚지고는 못 사는 기사답게 조각사의 이름을 딴 것이다.

"그래, 세빌. 앞으로도 잘 부탁한다."

같이 따라다니는 조각 생명체들에게는 마음대로 이름을 붙였다.

육지에서 헤어진 조각 생명체들은 와이번들과 같이 숲에서 사냥을 하고 있었다. 지골라스에서 따로 출발했던 불의 거인도 불사조를 타고 빙룡과 함께 도착해서 넓은 숲을 사냥터로 삼았다.

'조각 생명체들이 강해지면, 실컷 부려 먹어서 떼돈을 벌 수 있겠지!'

위드는 그리고 모라타에 도착했다.

동쪽 산에 있는 빛의 탑, 그리고 넓은 호수를 끼고 있는 프레야 여신상, 시내에 세워져 있는 웅장한 예술 회관.

유저들이 길거리에 북적거렸다.

과거에는 뱀파이어들이 살던 흑색 거성 앞에 다 쓰러져 가는 허름한 건물들이 있던 마을에 불과했다. 하지만 현재는 길가에 벽돌로 지은 상점이 건설되고, 주택가도 만들어졌다.

"빨리 가자. 늦으면 사람들이 너무 많아질 거야."

"저녁에 돌아오는 거지?"

"응. 빛의 탑에서 공연이 열린다더라고."

사냥과 모험을 위해 결성된 파티가 황소를 타고 근처의 던전으로 향했다.

사람들이 오가는 길가를 지나 언덕에는 정겨운 판자촌이 빼곡하게 형성되어 있는 모습도 보였다.

판자촌을 보니 위드는 비로소 집으로 돌아온 기분이 들었다.

"집과 사람이 많이 늘었군."

5개의 광장에서 유저들이 좌판을 열거나 장사를 했다. 위드가 떠날 때보다도 유저들이 월등히 많이 늘어난 모습이었다.

로열 로드와 관련된 게시판이나 방송을 통해서 모라타가 커졌다는 것은 알고 있었지만, 실제로 보니 그 이상의 느낌이었다.

과거의 낙후되었던 초라한 마을의 모습은 어디에서도 찾아보기 어려워졌고, 상점들도 규모가 4~5배씩 커졌다.

마판이 옆에서 설명해 주었다.

"중앙 대륙의 전쟁 때문에 최근 들어 초보 유저들이 엄청나게 많아지고 있습니다. 로열 로드의 초보자들이 가장 많이 시작하고 싶어 하는 도시가 모라타라는 조사 결과도 있을 정도죠."

초보들의 입장에서는 전란에 휩싸인 중앙 대륙의 발전된

왕국보다 모라타를 택한 것이다.

위드가 일행과 성문으로 걸어가자, 토끼와 여우를 사냥하던 초보자들이 눈을 동그랗게 떴다.

"저 사람은… 아니, 저 황소는 누렁이 아니야?"

웬만한 고레벨 유저보다 유명한 근육질의 소 누렁이!

위드는 리치나 오크의 모습이 아닌 그저 평범한 차림이었다.

"영주다! 모라타의 영주가 돌아왔다!"

초보자들이 몰려들고, 광장으로도 소문이 퍼졌다. 장사를 집어치우고 몰려든 상인들과 댄서, 바드 그리고 모라타에 건물을 세우는 데 일조한 건축가들과 조각사, 화가 들까지도!

모라타에 머무르고 있던 유저들 중에서 불과 1할도 되지 않는 사람들만 모여들었는데도 위드의 주변은 발 디딜 틈이 없었다.

전쟁에서 승리하고 돌아온 기사를 맞이하는 것처럼 유저들이 모였다.

"위드 님, 지골라스에 다녀온 소감을 말씀해 주세요!"

"헤르메스 길드와 싸웠던 이야기를 들려주세요!"

사이비 교주를 훨씬 능가하는 위드의 인기이다 보니, 방송을 통해 내용을 봤으면서도 직접 듣기를 원했다.

'모두 내 말을 기다리고 있군.'

위드는 잠깐 생각하다가 사자후를 터트렸다.

"갔노라! 싸웠노라! 벌었노라!"

인도자의 동맹을 결성하고 엠비뉴 교단을 물리쳤을 때와 같은 보고!

모라타의 유저들 사이에서 위드의 이 말은 굉장히 유명했다. 막 함성을 지르면서 축하해 주려던 유저들이 조금 김이 새는 느낌을 받을 때, 다시 사자후가 터졌다.

"갔노라! 싸웠노라! 정말 많이 벌었노라!"

"우와아아아아아아아아아아아!"

환희와 광란의 절정이었다.

퀘스트의 성공과 전투의 승리를 자기 일처럼 축하해 주는 유저들!

그들은 위드와 친해지고 싶었다. 짜릿한 모험을 함께하고 싶었기 때문이다.

위드는 영주성의 집무실에 틀어박혀서 가장 중요한 작업을 했다.

돈 계산!

"이번에 지골라스에서 번 돈을 합치면, 그리고 인어들과의 정당한 교역, 의뢰, 음식 판매로 얻은 돈이 24만 9,872골드 35실버 14쿠퍼로군."

수입이 짭짤했지만 교역을 하고 네크로맨서로 몇 달간 지골라스를 휘젓고 다닌 것에 비해서는 빈약했다. 사냥과 채광으로 얻은 광물들은 아직 장비로 만들어서 팔기 전이었기 때문이다.

 월석이나 공작석 등은 가공하기만 하면 교역 경험치를 얻게 해 주는 특산품으로도 판매가 가능하다.

 위드의 경우에는 조각술 스킬을 이용해 대륙의 웬만한 세공품은 만들어 낼 수 있었다. 그릇이나 도자기도, 손재주를 이용하면 썩 괜찮은 것들이 나온다.

 월석을 재료로 삼는 사막 부족의 장신구 등을 직접 만들어서 판다면 짭짤한 이윤을 남길 수 있으리라.

 "그보다도 모라타가 그동안 얼마나 변했을지 궁금하군. 지역 정보 창!"

 띠링!

모라타 지역

니플하임 제국에 소속되어 있던 지방.

현재는 모라타 백작 위드의 통치를 받고 있다.

북부를 대표하는 최고의 도시이며 무역과 예술의 중심지.

새로운 특산품과 예술품, 공연 등 번창한 문화로 사람들을 모으고 있다.

젊은 노동 인구가 많으며, 북부의 기술자들이 터전을 잡고 있음. 각종 무구들이 다양하게 제작되고, 주택 건축 사업이 활발하게 이루어지고

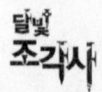

있다.
군사력 : 91 경제력 : 1,737
문화 : 2,384 기술력 : 592
종교 영향력 : 82
지역 정치 : 63 인근 지역에 대한 영향력 : 59%
구룡니플하임 제국의 영향력 : 7.1%(영향력은 군사, 경제, 문화, 기술, 종교, 인구, 의뢰 등의 분야와 관련이 깊음)
도시 발전도 : 171
위생 : 37 치안 : 52%
북부를 떠돌던 유민들이 들어옴으로써 치안이 갈수록 악화됨.
인구 증가로 모라타의 마을 영역이 확장되었다.
근처 지역들에 대해 정치적, 경제적, 문화적으로 영향력이 행사되고 있다.
최근에 오랜만에 축제가 벌어져서 주민들을 기쁘게 만들었다.
유명한 영주 위드로 인해 주민들의 자부심이 대단하다. 영주에 대한 믿음이 강함. 최근에 영주가 다소 나쁜 짓을 저질렀다는 소문은 믿지 않음.
영주가 자주 자리를 비우지만, 베르사 대륙을 위하여 많은 일을 하고 있을 것이라고 이해하고 있다.
아직 불온한 움직임은 보이지 않는다.
서우 몬스터를 건제힐 수 있을 정도의 군대를 보유했다. 재능 있는 기사 후보생들이 훈련이 귀찮아서 놀고 있는 중이다.
훌륭한 조각품들이 주민의 삶을 행복하게 해 주고 있음.
그림 작품들도 수준이 높아지고 있다.
예술가들에 대한 끝없는 신뢰와 풍부한 지원은 문화를 발전시키는 원동력이 되고 있다.
모라타 예술 회관은 북부 전체를 통틀어서, 신규 예술가들이 주력이 되어 만든 가장 많은 작품들을 보유하고 있다.

예술 회관이 마을의 재정 수입에 막대한 이득을 안겨 줌.
문화를 즐기는 주민들은 더 현명하고 똑똑한 아이들을 탄생시킬 확률을 높여 준다.
똑똑한 아이들은 미래의 꿈으로 예술가 외에 상인이나 마법사를 지망하는 경우도 많음.
재봉 산업의 기술이 과거로부터 면면히 이어져 내려오고 있다. 재봉사들은 가죽과 천, 풍부한 산물을 이용하여 옷을 만들고 있다.
대장장이들이 철을 다루는 기술은 아직 배우고 있는 수준. 무기나 방어구는 때때로 재료가 아깝기도 하다.
지역 신앙으로는 프레야를 많이 믿고 있다.
황무지를 개간해서 만든 비옥한 곡창지대를 보유하고 있다.
농산물의 작황이 대풍년임.
아르펜 제국의 특수 곡물 창고로 인해 식료품의 물가가 저렴하게 유지되는 중.
우수하고 많은 곡식 생산으로 인해 수확제가 일어났다.
루의 교단이 최근에 본격적으로 포교를 하고 있지만 주민들의 신앙이 굳건하여 자리를 잡는 데 애를 먹고 있다.
프레야 교단의 영향을 받아 적당한 향락과 풍요로움을 좋아하며, 근면한 특징을 보인다. 그러나 치안의 악화로 인해 도둑들이 활개를 치고 다니고 있다.

특산품 : 예술품, 가죽과 천, 토마토, 포도, 쌀, 소, 우유, 치즈, 와인
영토 전체 인구 : 491,898
매달 세금 수입 : 574,006골드
마을 운영비 지출 내역 : 군사력 4%, 경제 발전 34%, 문화 투자 비용 16%, 의뢰 및 몬스터 토벌 10%, 마을 보수 30%, 프레야 교단에 헌금 6%

"클클클."

위드의 입가에 흐뭇한 미소가 맺혔다.

세금 수입이 엄청나게 늘어났다. 그리고 지골라스로 떠나 있던 기간 동안 어마어마하게 불어난 인구!

북부를 떠돌던 유민들 외에도, 초보자들이 정말 많아졌다.

"정말 사람 보는 눈이 있군."

이게 다 좋은 영주를 보고 모여든 인구가 아니겠는가!

영주가 자리를 비운 동안에는 빈터에 알아서 집과 상업 건물을 짓는다.

그렇기 때문에 구역 설정이 상당히 중요했다. 가만히 내버려 두면 제멋대로 복잡한 골목길이 만들어지고 마차의 이동이 어려워지는 것이다. 그런데 위드는 미리 광장을 여러 개 만들고 큰길들을 이어 도시 구역을 확장함으로써 그러한 부작용을 최소화시켰다.

위드는 대도시에서도 전망만큼은 괜찮은 동네에서 살았었다. 한강이 보이는 아파트나 호수 공원을 끼고 있거나, 도심이 내다보이는 그런 장소는 물론 아니었다.

바둑판처럼 펼쳐진 도시와, 멀리 산까지 한눈에 들어오는 장소에 살았다.

한마디로 산동네!

초저녁에 도시를 보면 불이 환하게 켜져 있는 야경을 볼 수 있었다.

아침에는 안개가 낀 골목길을 달리면서 신문을 배달했다.

한겨울에 언덕 골목길은 얼마나 다니기에 위험하고 불편했던가.

도시에 대해서는 몸으로 겪어 본 경험을 바탕으로 구획화시켜서 나중에 발전시키기 편하게 했다.

상업지역을 중심지로 하여 공원, 광장, 주거지역을 배치한 것이다.

나중에 고급 주택 지역으로 만들 곳은 강 주변으로 설정했다.

물론 현재 그 땅은 대부분 판자촌이 채우고 있지만, 그리 큰 문제는 아니었다.

위드는 고레벨이나 중간 레벨만이 아니라 초보자들을 생각하는 영주였기 때문이다.

"초보자들도 집을 사야 돼. 그들에게서도 세금을 거두어야 하니까!"

초보들이 처음에는 판잣집에 만족하겠지만, 레벨이 높아지고 버는 돈이 많아지면 자연스럽게 고급 주택에도 관심을 갖게 되리라. 집을 갖게 됨으로써 모라타에 애착도 느끼고, 더 많은 세금을 납부하게 되리라.

위드는 판자촌을 흉물이라고 생각하지 않았다.

멋진 조각품에 건축물들 못지않게 판자촌이 사랑스러웠다.

"이게 다 세금 줄이야!"

띠링!

―모라타의 문화 발전으로 인해 지역 역량이 향상되고 있습니다.

모라타의 문화 전파
번성한 문화와 지역에 대한 영향력의 증가로 인해 모라타에 소속된 예술가와 생산직 들은 몬스터나 다른 종족들에게 예술과 기술을 전수할 수 있습니다. 그들이 좀 더 똑똑해질 수 있게 만들며, 공격적인 태도를 완화시킵니다.
언어, 숫자를 가르치면 교역이 가능해지며, 인간들과 친해진 종족들은 동료가 될 수도 있을 것입니다.
단, 문화와 예술, 기술의 전수는 관련 분야에서 중급 이상의 스킬을 가지고 있어야 하며, 지식과 지혜 그리고 경우에 따라서 언어 스킬이 필요합니다.

문화의 발전으로 인해 위대한 건축물을 만들 수 있습니다.
건축물들은 기술 수준이나 지역 능력에 따라 건설에 제약이 있습니다. 위대한 건축물은 높은 문화적 가치를 가지며, 관련 분야의 발전을 촉진합니다.

문화를 전파할 수 있다는 점은 매우 훌륭한 일이었다. 이종족들과도 교역이 이루어진다면 교역 품목이 늘어나고 상업이 발달하게 될 테니까.

퀘스트들이 다양해진다는 것도 장점이다.

문화야말로 최고의 무기가 될 수도 있는 것이다.

위드는 예정했던 일을 당분간 미루기로 했다.

"세…금은 조금 나중에 올려도 되겠어."

초보자들이 증가하면서 기대했던 것보다 세금을 많이 거둬들이고 있다. 이것은, 조금만 참으면 더 큰 착취의 순간을 맛볼 수 있다는 증거!

아직까지는 중앙 대륙의 세금에 비하면 예술 회관 입장료를 제외하고 교역세나 소득세, 주택보유세가 굉장히 미미한 수준이었다.

"내정 모드."

―화면이 영주의 내정 모드로 전환됩니다.

```
군사력 : 91              경제력 : 1,737
문화 : 2,384             기술력 : 592
도시 발전도 : 171
위생 : 37                치안 : 52%
부패 : 11
소유 자금 : 1,202,890골드
```

영주로서 모라타를 다스릴 수 있는 기능.

내정 모드에서는 교역소나 술집을 비롯하여 필요한 길드나 상점을 건설할 수 있다.

마을의 초창기에는 영주의 개발계획에 거의 전적으로 의존하게 되지만, 지금 모라타는 대도시가 되었다. 건축가들과 상인들이 정해진 구역에 필요한 건물들을 지으면서, 도시의 규모가 훨씬 커져 있었다.

술집이나 식당, 여관, 잡화점 같은 건물들을 짓는다고 하더라도 유저들과 경쟁을 해야 하기 때문에 마진을 많이 남기기란 어렵다.

아직까지는 짓기만 해도 돈을 벌 수 있는 시기였지만 모라타는 북부의 거점 도시로서 어마어마한 수의 초보 상인들이 몰려들고 있었다. 이제는 술집이나 여관을 운영하기보다는 광산을 확장하고 교역을 늘려서 세금을 많이 거두어야 할 시기였다.

"그래도 아직 발전을 위해서는 해야 될 일들이 너무 많아."

위드는 가지고 있는 돈을 모두 모라타의 재정에 투자했다.

예술 회관에서 그의 몫으로 분배된 금액인 21만 골드까지 포함해서 170만 골드가 넘는 막대한 금액!

위드는 일단 자잘한 분야에 돈을 썼다.

"거리에 나무들을 조금 심어 줘야겠군."

친환경!

자연 조각술을 익히고 있기 때문에 나무들을 심어 주면 나쁘지 않을 것 같았다.

조경사의 직업을 가진 유저들이 있으면 모라타의 거리에 나무들을 키우고 가꾸겠지만, 그런 직업들은 굉장히 희귀했기 때문이다.

나무 심기에 투자한 돈은 1,298골드!

"부지런히 자라야 한다."

인색하기 짝이 없게 거리 곳곳에 씨앗들을 뿌렸다.

사과나무, 배나무, 포도나무, 복숭아나무 등, 열매가 열리는 종류로만 골라서!

프레야 교단이 있기 때문에 씨앗만 뿌리더라도 싹이 금방 트고 무럭무럭 자랄 것이기 때문이다.

순식간에 거리를 과수원으로 만들어 버린 위드!

"역시 좋은 일을 하니 뿌듯해지는군!"

환경에 이바지했다는 생각에 위드는 흐뭇해졌다.

초창기부터 적극적으로 농경지에 투자를 한 결과, 모라타는 광활한 곡창지대를 거느리고 있었다.

모라타에서 시작한 농부들이 프레야 교단과 함께 땅을 개간해서 딸기, 토마토, 밀, 쌀, 고구마 등 여러 작물들을 심어서 기르고 있다.

아무래도 중앙 대륙에서 식량을 수입하기에는 너무나도 멀고, 북부의 다른 지역에서는 몬스터들로 인해서 마을에서 멀리 떨어진 곳에서 농사를 짓기가 어렵다.

모라타에 몰려든 농부들은 작물들을 추수하고, 축제인 수확제까지 벌였다고 한다.

북부 전체가 모여서 흥청거리는 축제였다.

산해진미를 쌓아 놓고 요리사들의 대결도 즐길 수 있었고,

농부들이 가장 훌륭한 작물들을 경쟁하기도 한다.

수확제가 벌어지게 되면 해당 마을과 인근 지역의 출생률이 기하급수적으로 증가한다.

베르사 대륙에서는 식량 생산이 곧 출생률과 치안, 민심과 밀접한 연관이 있었던 것.

모라타의 경제 규모가 커지는데도 불구하고 치안이 어느 정도 선을 지키고 있는 것은 식량 생산이 풍부하기 때문이었다. 가뭄이나 홍수로 인해서 흉작이라도 일어난다면 식량 생산이 부족한 지역에서는 치안이 급속도로 하락하고 부랑인들이 생기기도 한다.

"이제 건물들을 지어 봐야겠군."

위드는 왠지 자잘한 건물들은 더 이상 눈에 차지 않았다.

"드디어 위대한 건축물을 지을 수 있게 되긴 했는데……."

장대하고 놀라운 건축물!

영주의 의뢰에 의하여, 주민들과 유저들이 모든 역량을 모아서 만든다. 일반 건축물보다 훨씬 크고 웅장하며, 실제로 건축가 직업을 가지고 있는 이들이 설계를 하고 지어야 했다.

현실에서 찾아본다면 파르테논신전이나 샤르트르대성당, 노트르담대성당, 알렉산드리아의 등대 등이 있는 것!

어마어마한 건축물들을 영주의 명령 아래에 건축하는 것이다.

건설에 투입해야 하는 자금도 천문학적이었고, 공사 기간도 최소 몇 개월씩 걸리는 대규모 작업이었기 때문에 중앙 대륙의 영주들도 감히 시도하지 못했다.

"일단 건설해 보자."

이제 갓 위대한 건축물을 지을 수 있게 된 위드이니 완전히 초보나 마찬가지였지만 이런 점에 있어서는 시간을 끌면서 머뭇거리지 않았다.

"망할 때 망하더라도 저질러 보자."

만들어 놓고 부수거나 실망했던 조각품들이 얼마나 많았던가!

완벽한 준비를 갖추고 시작하기를 기다리다가는 아무것도 하지 못할 수도 있다. 왠지 실패할 수도 있다는 우려 때문에 마음이 달라지기 때문이다.

만들려고 결정한 것은 당장 해야 한다. 어설프고 투박한 작품이라고 하더라도 만들 수 있는 시기는 지금이다.

나중을 기약한다는 것은 의미가 없는 것!

"노력이란 지금 해야 되는 거지."

위대한 건축물은 위드가 개입할 부분이 많지 않기 때문에 유저들에게 맡겨 놓을 수밖에 없다.

그러한 실패와 시행착오를 경험해 봐야 훗날 대성공을 할 수도 있지 않겠는가.

"그래도 실패는 하지 않을 거야."

영주로서 유저들과 주민들에 대한 신뢰를 가졌다.

"만약 망한다면 세금을 올리면 되지."
세금 인상이야말로 위드의 든든한 믿음의 밑바탕!
먼저 만들고 싶은 건축물을 두 가지 정했다.

프레야 대성당!
그리고 모라타 대도서관!

대성당이 완공되면 프레야 교단을 믿는 성기사와 사제 들이 2차 전직을 할 수 있게 된다. 전직을 하기 위해 멀리 중앙 대륙까지 가지 않아도 되는 것이다.
"절대 보내면 안 되지. 가서 눌러앉을 수도 있으니까."
화장실을 들어갈 때와 나올 때의 마음이 다르다는 교훈.
대성당은 전직 외에도, 사제와 성기사 들의 능력을 강화시켜 주는 효과도 있었다. 교단의 성물이나 신이 지상에 내린 물건을 대성당에 간직할 수 있는 것이다.
그리고 건축물적인 가치도 있었다.
중앙 대륙에 있는 프레야 대성당의 경우에는 주민들의 신앙심과 사기를 높여 주었다. 인근 지역의 풍년을 기원하는 것은 물론이고, 성당 기사단이 수호를 하면서 몬스터 침공에의 강력한 억제력이 되기도 한다.
도서관의 경우에는 어느 정도 규모를 갖춘 마을이나 성이면 기본적으로 하나씩은 있는 편이다. 학문의 발달, 마법의 발전에 도움이 되었던 것이다.

의뢰 진행 중에 막힐 때면 베르사 대륙과 관련된 전설, 몬스터 들에 대한 이야기들을 찾아볼 수도 있다.

하지만 위드가 지으려는 건물은 대도서관!

사냥을 하거나 모험을 하다 보면 퀘스트의 단서가 적힌 글귀나 종이쪽지, 책, 항아리, 기타 돌 조각이나 지도 등을 발견할 때가 많다. 그런 것들은 자신과 관련되거나 중요한 게 아니라면 대다수 잡화점에서 헐값에 판매하게 되는데, 진정한 가치에 비한다면 상당히 아까운 편이다.

대도서관을 건립하여 베르사 대륙에 대한 책들, 사냥을 하며 나온 단서들을 전부 진열해 놓는 것이다.

대도서관에서 단서들을 보고 의뢰를 하게 되면 원래 진열을 했던 사람도 경험치나 획득물을 분배받게 된다.

지역, 연도, 난이도 등에 따라 수백 가지로 분류해 놓으면 발견하기도 훨씬 쉬워질 것이다.

단서들을 5개에서 10개 이상 조합해야 하는 경우도 있기 때문!

북부 대륙은 모라타 주변에도 아직 숨어 있는 몬스터와 던전이 엄청나게 많을 정도로 개척이 덜 되었다. 다른 지역은 아예 미개척 지역이라고 불러도 무방할 정도다.

대도서관이 지어지면 각종 의뢰들을 통해서 유물들을 찾아낼 수 있을 것이고, 사냥과 모험의 일대 붐이 일어날 것이다.

대도서관이 있는 건 중앙 대륙에서도 왕국의 수도나 몇몇 도시들에 국한되었다.

"집값도 좀 오르겠지."

세금 증가야말로 궁극적인 목표!

"프레야 대성당 건축, 모라타 대도서관 건축!"

내정 모드에서 빛의 광장과 빙룡 광장 옆에 짓도록 구역을 지정했다.

광장보다도 넓은 광활한 구역이었다.

띠링!

프레야 교단의 북부 대성당!

대성당이 성공적으로 지어지면 북부 전역에 걸쳐서 프레야 여신의 신도들을 크게 늘리게 될 것입니다.

건축 비용 : 최소 90만 골드.

최소 건설 기간 5개월.

참여하는 인원과 공사 중의 사고 여하에 따라 건설 기간이 늘어날 수 있습니다.

숙련된 건축가들이 필요합니다 작업에 참여한 건축가들은 특별한 경험을 얻을 수 있을 것입니다.

다수의 조각사와 미술가 들이 동원되어야 합니다. 작업에 참여한 예술가들은 이름을 드높일 기회를 얻을 수 있을 것입니다.

-위대한 건축물, 프레야 대성당의 작업을 개시하시겠습니까?

"시작해."

-프레야 대성당의 공사가 영주의 명령으로 진행됩니다.

 모라타의 2달 수입에 가까운 어마어마한 금액의 투자였다.
 영주의 결정이 어떻든 간에 주민들과 유저들이 따르지 않는다면 건축물은 완공 기일이 한정 없이 길어지거나 아예 지어지지 못한다.
 영주에 대한 지지와 신뢰를 밑바탕으로 깔고 있어야 되는 것!
 중앙 대륙에서는 주민들과 유저들의 신뢰가 없기 때문에, 그리고 영주들도 자신의 단기적인 잇속만을 챙기기에 이미 지어져 있는 위대한 건축물들을 이용만 할 뿐이었다.

모라타 대도서관!
학문과 모험의 발달을 촉진합니다.
사라진 마법 주문의 복원 가능성이 있습니다.
의뢰와 관련된 도움을 줄 수 있으며, 장기적으로 대량의 유물과 고서, 미술품 등을 모아 대륙 박물관을 건축할 수 있게 됩니다.
건축 비용 : 최소 70만 골드.
최소 건설 기간 5개월.
참여하는 인원과 공사 중의 사고 여하에 따라 건설 기간이 늘어날 수 있습니다.
숙련된 건축가들이 필요합니다. 작업에 참여한 건축가들은 특별한 경험을 얻을 수 있을 것입니다.

-위대한 건축물, 모라타 대도서관의 작업을 개시하시겠습니까?

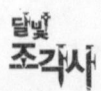

"어서 짓기나 해."

-모라타 대도서관의 공사가 영주의 명령으로 진행됩니다.

얼마나 많은 유저들과 주민들이 참여하느냐에 달려 있지만 바로 결과가 나올 일은 아니었다.

위드는 그 외에 남는 돈으로 간단한 건물들을 지었다.

경비 초소
경비병 5명이 근무합니다.
주변을 순찰하며 좀도둑을 잡아냅니다.

치안을 올려놓기 위해서 필요한 건물이었다.

치안이 많이 하락하면 주민들의 충성도가 떨어질 뿐만 아니라 도둑이 들끓어 상인들의 교역품을 야금야금 훔쳐 간다. 치안이 그렇게 악화되면 상인들이 기피하는 도시가 되어 버린다.

위드는 광장과 시장 주변 그리고 판자촌에 경비 초소들을 넉넉하게 배치했다.

영주의 무료 급식소
간단한 식사를 제공하는 곳입니다.
매달 만만치 않은 식재료와 운영비가 지출됩니다.

돈이 들어가는 복지사업!

"으음."

위드는 생명력이 하락할 정도로 세게 입술을 깨물었다.

레벨이 높은 유저들은 먹을 것에 대한 고민이 없을 것이다.

맛있는 식당이나 요리사 들을 찾아다니는 것도 베르사 대륙을 여행하는 즐거움!

그런데 초보 때에는 장비를 맞추기에 허덕이다 보면 제대로 못 먹고 지낼 때가 많다. 위드만 하더라도 나무껍질이나 산딸기 등을 주워 먹으며 항상 간신히 포만감을 유지하지 않았던가.

수련소에서 교관과 친해지게 되었던 계기도, 아부를 하면서 도시락을 얻어먹기 위해서였다.

"어려울 때 도와줘야 평생 기억에 남겠지."

급식소는 그 존재만으로도 주민들의 충성심을 많이 올려 준다. 모라타의 영주로서 최소한의 복지 시스템은 갖춰 주고 싶었다.

"밥만 먹여 주면 돼! 그러면 더 열심히 세금을 벌어다 주겠지."

잘 먹여야 유저들도 성장해서 훗날 세금을 꼬박꼬박 바칠 수 있으리라.

복지도 경제성장을 위해서 반드시 필요한 한축이었다.

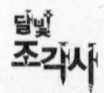

> -영주의 명령으로 위대한 건축물 프레야의 대성당이 지어집니다.
> 참여하는 주민들에게는 일당과 도시 공적치가 부여됩니다.

> -영주의 명령으로 위대한 건축물 모라타의 대도서관 공사가 개시됩니다.
> 참여하는 주민들에게는 일당과 도시 공적치가 부여됩니다.

광장에서 장사를 하던 상인들이 수군거렸다.

"프레야의 대성당이 뭐지?"

"영주가 이번에는 뭘 짓는 거야?"

상인들은 수다를 통해 각종 정보들을 교류한다.

마판도 광장에서 장사를 하고 있던 참이었다. 모라타의 무기류들을 유저들과 주민들로부터 구입해서 북부의 다른 마을에 팔아 치웠다.

마판이 정보 게시판에서 본 내용을 주변 사람들에게 설명해 줬다.

"위대한 건축물이라면 건축 기술과 예술, 문화 등이 일정한 조건을 갖추면 지을 수 있는 건물인데요, 금액이 만만치가 않은 대형 프로젝트죠."

상인으로서 레벨이 300이 넘었기 때문에 교역로나 물품의 시세를 비롯하여 전반적으로 아는 것들이 많았다.

"위대한 건축물 건립은 돈도 많이 들고 인력이 수만 명 투입되어야 하는 작업이라서 보통은 쉽게 시도하지 못하는 사업입니다."

마판이 설명을 덧붙였을 때, 중앙 대륙에서 온 상인들은 알았다는 듯이 고개를 끄덕였다.

"아, 그런 거였군. 들어 본 적이 있는데, 모라타에서는 아직 시기상조 아닌가?"

"모라타가 북부 교역의 중심지로서 많은 돈이 모인다고는 하지만 너무 이른 것 같은데."

상인들은 교역을 위하여 여러 왕국과 성, 마을을 돌아다닌다. 그들이 지나다닌 장소들은 많았지만 영주의 지시에 따라서 많은 인원이 위대한 건축물을 세운 건 본 적이 없다.

건축 기간만 해도 몇 달씩 걸리고, 자금도 많이 필요했기 때문이다.

"대성당에 대도서관이라. 하나만 해도 어려운 것을 한꺼번에 지으려고 하다니, 욕심이 엄청나게 많은 영주야."

"영주라고 해도 자기 뜻대로 안 되는 일이 있다는 것을 알아야지. 레벨이 높은 몬스터를 사냥하거나 의뢰를 받는 것과 영지를 다스리는 건 완전히 다른 차원의 문제니까."

"내 말이 그 말일세."

중앙 대륙 출신의 상인들이 비웃음을 흘리고 있을 때였다.

빙룡 광장에서 사냥을 가기 위해 파티를 구하던 유저들이

일제히 외치는 소리를 그만두었다. 그러고는 가볍게 합의를 보았다.
"사냥은 다음에 하죠."
"의뢰도 시간이 나면 나중에 해요."
"그럼 모두 수고하세요."
유저들은 대성당과 대도서관 건축 부지로 달려들었다.
"가자!"
"일하자, 일!"
"건설 사업이다."
"내가 먼저 해야지."
병사들의 안내를 받아서 땅을 파고, 영주의 창고에서 자재들을 가져왔다.
전광석화처럼 일사불란하게 움직이는 유저들.
"벌목을 해 옵시다."
"우와아아아!"
상인들은 진귀한 경험을 해야 했다.
그들이 판매하던 물건 중에서 도끼가 일순간에 품절이 되고 말았다. 유저들이 상인들의 좌판 사이로 몰려들더니 도끼를 마구 구매한 것이다. 손도끼까지 팔렸고, 나무를 벨 수 있는 것은 무엇이라도 좋았다.
도끼를 구매한 유저들은 근처의 숲을 향해 전력 질주를 했다.

"나무들을 잔뜩 가져오자!"

숲과 산의 깊은 곳까지 가서 건축 재료로 쓸 수 있는 좋은 나무들을 구한다.

잔가지들을 쳐 내고 통째로 운반해 왔다.

나무 한 그루에 6명씩 매달려서 모라타로 들고 왔다.

상인들이 판매하는 것 중에서 못이나 망치, 톱, 필요한 것들은 금방금방 구매되었다.

파보도 소식을 듣고 급하게 달려왔다.

예술 회관을 건설하고 난 이후로 북부 최고의 건축가로 이름이 난 그는 여러 건축 현장에서 일을 하고 있었다. 별장도 만들고, 다른 마을과 연결하는 도로와 다리도 만들던 중!

그러나 모라타의 친구들로부터 소식을 전해 듣자마자 모두 내팽개치고 당장에 뛰어온 것이다.

"작업 현장은?"

파보와 함께 일하는 건축가들 35명은 현장부터 확인했다.

최소한 줄잡아서 500명 이상의 유저들이 삽질을 하면서 땅을 파헤치고 있었다.

평지였기 때문에 땅을 파는 것은 그야말로 순식간이다.

"터가 괜찮군!"

"완공되면 주변 일대를 내려다볼 수 있겠습니다. 바로 작업을 합시다."

건축가들은 모여서 즉시 설계 작업을 시작했다.

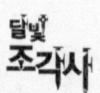

그들에게는 대성당이나 대도서관을 지을 수 있는 황금 같은 기회!

건축 현장에서는 아무래도 건축가들의 지휘가 필요한 법이다.

일반 유저들만이 공사 현장에 투입된 것은 아니었다.

"우리의 영주님의 명령이군."

"대도서관을 짓자!"

모라타의 주민들이 몰려나오더니 흙과 돌을 나르는 것이었다.

"대성당을 지을 예술가들이여, 모여라!"

바닥에 깔린 청석에 조각을 하던 조각사들이 뛰어왔고, 벽에 그림을 그리던 화가들이 달려 나왔다.

모라타의 예술가들은 예술 회관이 지어지고 나서 적지 않은 액수의 돈을 벌고 있었다.

대성당이나 대도서관에는 매우 많은 예술품들이 필요하다.

장식하기 위한 예술품, 프레야 여신을 찬미하는 예술품은 기본.

벽과 천장, 바닥에 이르기까지 조각과 그림을 건축과 함께 아우르고 싶은 예술가들의 욕망!

모라타의 예술가들이 총동원되었다.

"위드 님의 대형 의뢰다."

"모여라, 풀죽신도들이여!"

모라타 최대의 단체로 거듭난 풀죽신교.

대다수가 초보자들로 구성되어 있지만, 그들의 결속력만큼은 결단코 남달랐다.

로자임 왕국에서 피라미드를 지을 때 석재를 운반했던 레몬이라는 유저에서부터, 모라타에서도 많은 유저들이 위드와 함께 작업을 했다.

프레야 여신상을 만들 때에 호수를 만들고, 돌들을 운반했다. 그때 발생한 공적치나 마을 주민들과의 친밀도 덕분에 좋은 의뢰를 많이 받을 수 있었고, 모라타에서의 생활도 훨씬 즐거워졌다.

모라타는 이미 완성되어 있는 다른 마을이나 성과는 달랐다.

미흡하고 부족한 점이 많은 도시지만 정말 빠르게 발전하고 있었고, 주민들과 유저들의 손으로 함께 만들어진다.

대형 건설 사업에 동원된 전력이 있는 유저들은 안 그래도 위드가 또 뭘 만들지는 않나 이제나저제나 벼르고만 있던 참!

축제가 끝나고도 혹시나 하여 위드의 동정만 살피면서 어슬렁거리던 유저들이 신 나게 움직였다.

"작업이다!"

"어서어서 일을 하자."

공사가 막 벌어진 중에, 멀리서 헐레벌떡 뛰어온 유저가 고함을 질렀다.

"위드 님이 무료 급식소를 세웠다!"
"우와아아아아!"

위드가 돌아온 날은 모라타의 축제 날이 되었다.

주민들의 친밀도와 충성도가 높게 유지되고 있었기 때문에 오랜만에 돌아온 영주에게 자발적으로 물건을 가져오는 이들도 많았다.

"영주님을 위해 과일을 가져왔습니다."

-과일 가게 상인이 사과와 배, 석류를 진상합니다.

"영주님에게 이 검을 드리고 싶습니다. 몬스터의 침입으로부터 모라타를 굳건하게 지키는 데 써 주시길 바랍니다."

-무기점 주인이 장검 서른다섯 점을 진상합니다.

북부에서 정처 없이 떠돌다가 정착한 유민들은 영주에게 고맙다는 인사와 함께 상납품을 바쳤다.

위드는 따뜻하게 손을 잡아 주었다.

"이럴 필요 없는데… 저도 모라타를 터전으로 사는 주민의 1명일 뿐입니다. 하지만 모라타를 좀 더 좋은 곳으로 만들기 위해 가장 먼저 앞장서겠습니다. 고맙습니다. 잊지 않겠습니다."

주는 물건을 거절하지는 않는다.

앞으로 열심히, 잘하겠다는 뜻을 확실하게 밝히면서 손을 잡고 흔들었다.

텔레비전에서 정치인들을 보며 제대로 배운 처세술!

"필요한 일이 있으면 언제든 말씀하세요. 조카처럼 편하게 여기셔도 됩니다."

"실은, 무기를 구하는 사람은 많은데 철광석의 공급이 조금 모자랍니다."

레벨 150대가 입을 만한 갑옷을 두 점 바친 대장장이가 말했다.

띠링!

철광석이 급한 대장장이

모라타 주변에는 캐내지 않는 철광산들이 있다. 몬스터들로 인하여 채광이 쉽지 않은 곳이다.

대장장이 살로암은 주문받은 물량을 다 맞추지 못할 것 같아서 걱정이 크다.

어떻게 해서든 13개의 철광석을 구해다 주자.

난이도 : D

퀘스트 제한 : 채광 스킬 습득

퀘스트의 발생!

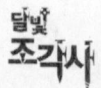

위드는 모라타에 돌아오면서 이동 포탈을 통해 절망의 강에 다녀왔다. 마탈로스트 교단과 관련된 퀘스트를 보고함으로써 의뢰를 1개 더 받을 수 있는 여유분이 생겨서, 대장장이의 의뢰도 받을 수 있었다.

"하지만 영주님처럼 유명하고 바쁘신 분에게 부탁드릴 일은 아니니 신경 쓰지 않으셔도 됩니다."

명성에 비해서 난이도가 낮은 의뢰는 페널티 없이 거절할 수 있다. 물론 어떤 사연이 있는 의뢰의 경우에는 충분히 예외가 되지만.

"무슨 말씀이십니까. 그런 일이 있다면 영주로서 당연히 제가 도와 드려야죠."

-퀘스트를 수락하셨습니다.

위드는 배낭에서 철광석을 꺼내서 넘겨주었다.
"여기 있습니다."
"고맙습니다, 영주님. 이것으로 간신히 주문량을 마칠 수 있게 되었습니다."
"혹시 이런 일이 생길지 몰라서 미리 철광석을 준비해 두었던 것이 다행이군요."
"변변치는 않지만 집에 가서 제가 만든 갑옷을 한 점 더 가져오도록 하겠습니다."

철광석이 급한 대장장이 완료
살로암은 필요한 철광석을 매우 빨리 조달할 수 있었다.

-경험치를 조금 습득하셨습니다.

-명성이 13 증가합니다.

-주민의 충성심이 높아집니다.

-영주가 퀘스트를 달성한 것에 대한 추가적인 보상으로 갑옷 한 벌을 더 진상합니다.

농부들도 와서 고충을 이야기했다.

"영주님, 곤란한 부탁인 것은 알지만, 지골라스에 다녀오셨다는 이야기를 들었습니다. 그곳에는 솔리퍼의 꽃이라는 게 있다던데… 그걸 심어 보고 싶은데 조금이라도 얻을 수 없을까요? 나중에 재배에 성공하면 대가를 치르겠습니다."

"마침 가지고 있는 것이 있으니 드리겠습니다."

위드는 정보 게시판을 통해서 계속 모라타의 의뢰들을 분석하고 있었다. 일상적이고 흔한 의뢰들이지만, 친밀도를 쌓고 명성이나 좋은 보상을 받을 수 있다.

명성이 높은 위드의 경우에는 차곡차곡 퀘스트를 할 필요가 드물었지만, 더 나은 의뢰를 받기 위해서도 이런 종류의

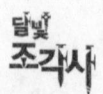

의뢰들은 그때그때 해 주어야 했다.

영주로서 추가 보상까지 받으면서 충성심을 올릴 수 있으니 규모는 작지만 짭짤한 퀘스트였다.

다른 주민의 상납품이나 지골라스에서 구해 온 귀한 잡템들, 그리고 항해하면서 낚시 등으로 얻은 물품들로 인하여 여러 퀘스트들을 즉석에서 완수할 수 있었다.

미지의 땅으로 모험을 다녀오면서 모라타에서 그동안 해결되지 않던 의뢰들을 끝맺었다.

연계 퀘스트가 있다면, 위드가 반드시 후속 의뢰를 하지 않더라도 다른 유저들이 얻을 수도 있을 것이다.

"황무지를 개간하려고 하는데 돈이 조금 필요합니다. 투자해 주실 수 있을까요?"

농사의 수익금을 나눌 수 있는 영주의 퀘스트도 발생했다. 돈을 주는 즉시 의뢰는 달성되며, 결과는 작물을 수확해 봐야 알 수 있다.

"모라타의 주민들이 먹어야 할 식량이니 최선을 다해 주셨으면 합니다."

위드는 그런 의뢰조차도 기꺼이 받아들였다.

프레야 교단이 있는 모라타이기 때문에 농사는 성공할 가능성이 매우 높다. 몬스터들이 자주 쳐들어와서 황폐화되는 경우가 없진 않았지만, 유저들이 늘어나면서 그런 피해는 점차 줄어들고 있었다.

"감사합니다. 믿고 돈을 투자해 주신 영주님의 은혜는 잊지 않겠습니다."

-모라타 주민들의 영주에 대한 충성심이 증가합니다.

퀘스트로 민심을 얻는 위드!

오랫동안 영주의 자리를 비워 놓아서, 영주와 관련된 의뢰들이 많이 발생했다.

"밤이면 치안이 불안한 것처럼 느껴집니다. 도시 경비를 조금 철저히 해 주실 수 있을까요?"

"도둑들을 퇴치하고, 병사들의 수를 늘리겠습니다."

위드가 알아서 건물을 짓고 정책 등을 세울 수도 있겠지만, 요청에 의한 경우도 있었다.

일행과 헤어져 밀린 의뢰들을 처리하다 보니 금방 밤이 되었다.

저녁이 되면서 영주의 성에서 바라본 도시는 불이 환히 밝혀져 있었다. 위드가 돌아오고 축제가 벌어졌다는 사실이 알려지게 되면서, 정말 많은 유저들이 도시로 왔다.

근처 사냥터나 던전으로 흩어졌던 유저들도 돌아와 축제를 즐겼다.

대규모 공연들도 벌어지면서, 관중이 즐거워하며 웃는 소리가 들려왔다.

"사람들이 기뻐하는 게 나쁘지 않군."

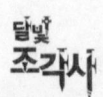

주민들을 지켜 주고, 도시 건설, 경제, 의뢰, 군사적인 분야에 절대적인 권력을 가진 영주.

 모라타에 돌아오고 나니 그가 다스리는 땅이라는 실감이 났다.

 "이게 다 내 것이야."

트레세크의 승리를 알리는 뿔피리

The Legendary Moonlight Sculptor

 광장과 여신상, 빛의 탑 부근에서 함께 벌어지는 축제.
 초보자들이 뛰어다니고, 정령술사들은 흙꾼이나 화돌이를 포함해서 계약한 바람의 정령, 물의 정령 등을 끌고 다녔다.
 "물의 정령들이 공연합니다. 시원한 물방울을 잔뜩 맞고 싶으신 분들은 놀러 오세요."
 "모라타에서만 볼 수 있는 악사들의 연주! 10분 후에 시작됩니다."
 거리에서는 악사들이 연주를 하고, 댄서들이 춤을 춘다.
 상인들의 장사도 활기를 띠었고, 사냥을 떠났던 유저들까지 돌아와서 좌판을 벌였다.
 화령과 벨로트는 단맛이 나는 풀을 씹으면서 축제 구경을 하고 있었다.

 그들도 댄서와 바드로서 공연을 하면 큰 인기를 누릴 수 있겠지만, 하지 않았다. 일을 하기보다는 그저 오랜만에 푹 쉬며 놀고 싶었기 때문이다.

 "이거 예쁘다."

 "언니, 정말 잘 어울려요."

 그녀들은 쇼핑에 열을 올렸다.

 화령과 벨로트만이 아니라 다른 유저들도, 광장과 시장을 돌아다니면서 물건 구매에 열을 올렸다.

 "털이 귀여운 신발이네."

 "위드 님이 만든 신발도 예쁜 거 많잖아요. 그때는 왜 안 샀어요?"

 "막 쇼핑 중독에 걸린 된장녀처럼 보일 수도 있잖니."

 "……."

 화령의 집은 120평이었다. 안방의 넓이가 어마어마했는데, 그 안에는 구두들을 고이 모셔 놓고 있었다.

 "언니, 언니는 위드 님이 구두를 사지 말라고 하면 안 살 수 있어요?"

 화령의 얼굴이 새하얗게 질렸다.

 평생 샌들이나 운동화만 신고 다녀야 한다면 과연 행복할 수 있을까.

 "난… 위드 님을 택할 거야."

"정말요?"
"응. 대신 가방을 사면 되니까!"
"……."

"야경이 참 예쁘지?"
"이것 좀 먹어 봐요. 제가 사 왔어요."
"너부터 먹어. 내가 먹여 줄게."
페일과 메이런은 빛의 탑 주변의 바위에 앉아 있었다.
모라타의 야경을 보면서 닭살 행각 중!
주변에는 딱 붙어 앉은 다른 커플들도 몰려 있었다.
모라타에서도 분위기와 전망이 좋아서 커플들이 가장 많이 출몰하는 지역이었다.
솔로들은 절대 범접할 수도 없는 구역.
달빛 아래 바위마다 앉아 있는 수백 쌍의 커플들.
여자 친구가 없는 게 분명한 어떤 조각사가 주변에 기념으로 커다란 닭을 조각해 놓을 정도였다.
"바람이 차고 추워요."
추우면 도시로 들어가면 될 것을 괜히 꼭 달라붙어서 버티는 커플들이었다. 그러면 괜히 남자가 말했다.
"우리… 망토라도 같이 쓸까?"

망토로 함께 등을 가리며 커플들은 오붓한 분위기를 나누었다.
　사냥이나 모험을 함께하는 경우가 많아서 커플들은 더욱 돈독한 정을 나눌 수 있었다.
　"영감, 이러니까 꼭 우리도 젊어진 것 같지 않수?"
　"어험! 뭐, 괜찮구려."
　오순도순 오우거들을 때려잡는 노인 커플들의 모습도 특이한 광경이 아니었다.
　로열 로드를 통해 다시금 육체의 활력을 느끼며 젊었을 때처럼 즐길 수 있었던 것이다.

　"뭐든 팝니다. 교역 전문 상인. 바다에서 나오는 특산품들을 구경하러 오실 분. 퀘스트 물품 중에 찾는 것이 있을지도 모르니 들러 보세요. 구경은 공짜! 워낙 귀한 게 많아서 오랫동안 구경을 하면 돈을 받을지도 모릅니다. 마판 상회가 지금 문을 열고 장사를 하고 있습니다!"
　마판도 인어들과 거래하면서 얻은 바다의 특산품, 산호와 해초, 반짝이는 생선 비늘 등을 축제에서 판매했다.
　모라타에서 일찍 자리를 잡은 마판은 단골손님들도 많았다.
　"저기요, 가격을 조금만 깎아 주시면 안 돼요?"
　예쁘게 반짝거리는 산호를 갖고 싶었던 여성 유저들이 감

히 흥정을 시도했다. 하지만 마판은 어림도 없다는 듯이 고개를 저었다.

"안 됩니다. 물량이 부족해서요."

그러면서도 슬그머니 눈짓을 보내면서 말했다.

"2골드는 낮춰 드리겠습니다."

"꺄아, 고마워요!"

물건을 산 여성 유저들이 물었다.

"다음에 언제 또 장사하세요?"

"아직은 잘 모르겠습니다. 무기류에서부터 방어구까지 전부 취급하니 언제든 오세요."

"친구 등록을 해도 될까요?"

"물론이죠."

마판은 이것이야말로 상인이 누리는 최대의 기쁨이라고 생각했다.

유저들과 가장 자주 접하면서 인맥을 쌓는다.

초보자들부터 고레벨 유저들까지 폭넓게 안면을 익히면서 사귀어 놓을 수 있지 않던가. 상인만큼 사람들을 많이 만나는 직업도 드물었다.

마판은 벌어 놓은 돈을 교역과 상점 등에 계속 투자하면서 거부가 되고 있었다.

"저기, 일행 있으세요?"

제피는 여자들로부터 끊임없이 질문을 받았다.

광장의 구석에 멍하니 앉아 있는 그의 쓸쓸한 분위기에 여자들이 모여든 것이다.

제피는 슬프게 말했다.

"일행이… 있습니다."

"나중에라도 시간이 되시면요. 제 이름은 엘레인인데……."

"죄송합니다. 기다리는 사람이 있습니다."

제피에게 모라타의 축제는 정말 즐거운 시간이었다. 웃고 떠들며 지나가는 사람들, 활기가 넘치는 축제의 시간!

하지만 그가 좋아하는 유린은 이곳에 없었다.

야속하게도 그림 이동술로 여기저기를 돌아다니면서 모험을 하고 있었다.

제피는 자존심을 굽히고 먼저 연락을 해 보기까지 했다.

-언제 돌아올 거야?

-구경할 게 많아서요.

-내일은 시간이 되니?

-친구들이랑 놀아야 돼요.

-그다음 날은?

-그림 그려야 돼요.

-이번 주에는 볼 수 있겠지?

-바빠서 약속은 못 하는데… 시간 나면 말할게요.

그러고 나서 아무 소식도 들리지 않았다.

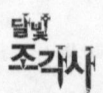

유린은 그림 이동술로 북부의 마을들은 물론이고, 로자임 왕국이나 브렌트 왕국 그리고 중앙 대륙의 대도시에도 갔다.
　광장에서 그림을 그려 주며 친구들을 사귀고, 간단한 의뢰들을 했다. 지금 제피의 레벨에서 본다면 코웃음도 나오지 않을 시시한 의뢰였다.
　코볼트의 장난감을 모아 달라거나, 독사의 송곳니를 구해 달라는 정도의 퀘스트.
　하지만 유린은 레벨이 20도 되지 않는 다른 동료들과 위기를 넘겨 가면서 의뢰를 했다. 그럴 때의 성취감이 얼마나 큰지를 알고 있었기 때문에 함께하지 못하는 것이 아쉬울 따름이었다.
　"에휴, 유린이 없는 축제는 쓸쓸하기만 하구나."
　제피는 하염없이 축제의 인파를 보기만 했다.
　유린에게 쏠린 마음은 주체할 수 없을 정도로 커져서 궁상까지 떨고 있는 모습이었다.

　"흑흑, 그녀는 다시 돌아오지 않는 건가?"
　유린에게 당한 희생자는 또 1명 있었다.
　그림에 전부를 걸었던 페트!

개울에 비친 엘프.
대지를 살피고 있는 정령들.
별의 야경.
광기 어린 오크들.

페트는 그가 가진 색감으로 신비로운 풍경을 웅장하거나 따뜻하게 표현했다.

명작이나 대작의 작품들!

그가 구사하는 다채로운 색감은 화가로서는 부러울 수밖에 없었고, 장면의 구성이나 그림이 전해 오는 이야기들도 뚜렷했다.

페트는 그가 그려 온 그림들을 유린에게 보여 줬다.

"개울에 비친 엘프는 어떻게 그리신 거예요?"

"엘프 마을에 초대를 받아서 갔을 때, 그곳의 엘프 처녀가 그림을 그려 달라고 부탁을 했습니다."

유린은 엘프들이 자유롭게 나무들 사이로 뛰어다니는 그림을 보며 감탄했다.

페트는 이종족이나 엘프, 정령 등과 매우 친숙했다. 그들의 마을을 여행하면서 그림을 그려서 선물로 주었고, 일부는 자신이 소장하고 있었다.

"별의 야경도 참 예쁜 것 같아요. 이런 식의 그림이라니, 생각해 본 적도 없어요."

"어릴 때 별을 보면서 꾸었던 꿈을 화폭에 옮겨 봤습니다. 떠올리기가 어려울 뿐이지, 그릴 때는 정말 재미있게 작업을 했죠."

별의 야경은 총 10개로 되어 있는 연작이었는데, 밤을 이색적으로 표현한 작품이었다.

높이 떠 있는 별들에 표정이 있었다. 각 별자리를 묶어서 괴물이나 사물을 표현하기도 했다.

소년이 보는 별과, 청년, 여자, 신부, 마법사, 기사 등이 보는 별의 모습이 모두 달랐다.

별을 보는 장소도 달랐는데, 소년은 마을이 내려다보이는 언덕의 나무에 올라가 있었고 청년은 마구간을 고치다가 잠깐 하늘을 쳐다보는 중이었다. 여자는 새벽에 가족들을 위해 밥을 짓다가 창문을 통해 별들을 보고, 기사는 성에서 검술 훈련을 하다가 지쳐 누워서 보았다.

도둑을 표현했을 때에는, 남의 집 담을 넘으면서 본 별들!

페트의 작품들은 작은 부분도 소홀히 하지 않았고, 전체적인 구도와 완성도도 뛰어났다.

이때까지만 해도 유린에게서 전해지는 분위기는 밝고 명랑했다.

"제가 그린 작품들이 많으니 천천히 구경하세요."

"더 있어요?"

"그럼요. 아직 삼분의 일도 못 보여 드렸습니다."

유린이 감탄할 때마다 페트는 흐뭇함에 벌어지는 입을 주체하지 못했다. 그녀의 칭찬의 말을 들을 때마다 구름을 타고 날아가는 기분이랄까!

지금껏 공개한 적이 없던 작품들도 닥치는 대로 보여 주고 있었지만, 조금도 아까운 줄을 몰랐다.

-대작 미술품의 감상으로 예술 스탯이 21 증가했습니다.

-미술품 감상 스킬의 숙련도가 증가했습니다.

-지식과 지혜 스탯이 2 증가했습니다.

유린은 감상을 할 때마다 예술 스탯뿐만 아니라 여러 스탯과 숙련도가 늘어났다.

페트에게는 그가 직접 그린 것뿐 아니라 의뢰를 통해 얻거나 구매해서 소장한 미술품도 많았기에, 그림 그리기 스킬의 레벨이 두 단계나 오를 정도.

"느낌이 좋은 그림이네요. 물감은 구입하신 거예요, 아니면 만드신 거예요?"

"만든 것도 있고, 미술품 도구점에서 구입한 것도 있습니다. 직접 만든 물감은 하나뿐인 색을 낼 수 있고 향과 신선함이 오래 유지되죠. 하지만 실패를 워낙 많이 해야 해서 추천하고 싶지는 않아요."

유린은 그림을 보면서 미처 가 본 적이 없는 땅에 대해 호

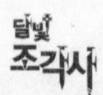

기심이 생겼다.

"미술품에 이렇게 뛰어난 효과가 있다니, 대단해요."

"제가 그린 그림이니까요. 엘프나 정령이 아닌 진짜 사람에게는 처음 보여 주는 그림들이 많습니다."

"정령들의 세계에는 어떻게 가셨어요?"

"정령들을 그린 그림이 있었죠. 그림 이동술로 그들의 세계로 들어갔습니다. 처음에는 인간이라고 무시했지만 지금은 정령들이 저만 보면 그림을 그려 달라고 아우성이죠."

그림 이동술은 새로운 공간이나 차원으로 넘어가서 퀘스트를 할 수 있는 매개체 역할을 하기도 했다.

매우 비밀스럽게 간직하고 있던 노하우였지만, 페트는 유린에게 아낌없이 말해 줬다.

"저는 조각품이 아닌 그림에도 이렇게 특별한 대작이나 신비가 있는 줄은 처음 알았어요."

"예술을 논할 때 화가와 조각사는 자주 비교되는 대상이죠. 조각품은 주변과 어우러지는 사물이나 특별한 무언가를 대상으로 조각해 낼 뿐이지만, 그림은 화폭 안에 모든 것을 표현할 수 있습니다. 조각으로는 절대 표현할 수 없는 일출의 장엄함, 오묘한 색채의 미학, 자연의 장대한 아름다움들까지도 그림은 그려 냅니다. 불가능이 없는 예술이죠."

유린은 호기심에 질문을 던졌다.

"이렇게 훌륭한 작품들을 많이 그리셨는데 페트 님의 이름을 화가 길드에서도 들은 적이 없는 것 같아요."

위드의 경우에는 조각사 길드뿐만이 아니라 로열 로드를 하는 유저라면 거의 모르는 사람이 없을 정도다. 그런데 페트라는 이름은 전혀 들어 본 적이 없었다.

퀘스트를 많이 하지 않는다고 해도 그림 실력이 이토록 뛰어나고 작품을 다수 만들었다면 유명해지는 것이 정상이다.

"제가 퀘스트를 할 때에는 소란스러운 것이 싫어서 이름을 알려 주지 않았죠. 익명으로 퀘스트를 하고 완성된 그림에도 가명들을 돌려썼기 때문에 명성이 낮은 편일 뿐, 정상적으로 했다면 이 페트의 이름이 베르사 대륙 전역에 퍼져 있었을 겁니다."

페트는 정령계에 숨어서 활동하는 가장 뛰어난 화가였다. 그 출중한 실력은 주로 정령들만이 알고 있을 뿐이지만, 작품들은 하나같이 훌륭했다.

"그림들이 너무 아까운데, 계속 다른 이름으로만 그림을 그리실 거예요?"

페트는 쑥스러운 듯이 웃었다.

"소박하게나마 생각해 놓은 건 있습니다."

"어떤 건데요?"

"그냥… 그림의 세계에서 최고가 되자. 그 전에는 유명해지는 것이 부담스럽거든요. 언젠가는 저도 세상으로 나가게 되겠죠. 그때는 그림의 힘이 얼마나 대단한지 베르사 대륙에

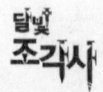

제대로 보여 주는 게 목표입니다."

"그러면 조각사 위드라는 사람에 대해서는 어떻게 생각하세요? 조각사 위드는 벌써 조각술을 이용해서 모험을 하고 있잖아요."

유린이 그의 여동생이라는 건 전혀 짐작도 하지 못한 채 페트는 솔직한 속내를 털어놓았다.

"위드 따위를 경쟁 상대로 생각해 본 적은 없습니다. 그림은 조각술보다 훨씬 위니까요. 지금은 제법 인정을 받고 있는 모양이지만, 제가 세상에 나가게 되면 작품으로 만인이 보는 앞에서 씻을 수 없는 굴욕을 안겨 줄 겁니다."

그리고 그날 이후 페트는 유린을 다시 만나지 못했다.

조르디보오스 성의 한쪽 벽면에는 유린이 적어 놓은 낙서들만 남았다.

　　페트 바보. 똥개.

위드는 축제가 벌어지는 모라타에서도 놀지 않았다.

"축제에는 역시 음식 장사야."

축제나 특별한 날에 만드는 음식들은 잘 팔릴 뿐만 아니라 숙련도를 부쩍부쩍 올려 준다.

공식적으로 바가지를 씌워도 거부감이 없는 날!

요리 스킬은 중급 8레벨! 9레벨까지는 4.3%의 숙련도만이 남아 있었다.

"고급 요리 스킬을 빨리 만들어야지."

사냥을 할 때에도 세끼의 식사를 꼬박꼬박 만들어 먹는다.

요리야말로 일상적으로 활용되는 유용한 분야였고, 스킬이 발전할수록 음식의 맛이 좋아질 뿐만 아니라 스탯도 많이 올려 준다.

재봉, 대장일, 요리, 조각술, 검술, 낚시, 약초학, 붕대감기.

잡캐답게 모든 분야를 아우르며 활용해야 되는 것.

고급 요리 스킬을 얻게 되면 병사들이나 주민들의 친밀도를 얻기가 굉장히 쉬워진다고 한다.

더욱 대단한 것은, 멸치 2마리와 꼬막 3개만으로도 해물탕의 맛을 낼 수 있다는 것이다.

위드는 지골라스에서 돌아오면서 오징어와 멸치 등을 잡아서 젓갈을 만들었고, 영주성에 묻어 놓은 각종 장들도 완성되었다.

조만간 요리 스킬을 고급까지 확실하게 올릴 준비가 되어 있었다.

"신선한 해산물집입니다. 바다의 맛을 보고 싶은 분들은 이곳으로 오세요."

위드는 금방 상하기 쉬운 어류들과 신선한 해산물들을 요리했다.

모라타에는 제법 멀리 떨어진 바닷가로 가서 낚시를 하는 유저들이 거의 없기에, 해산물을 판매하는 것이야말로 품목을 제대로 고른 셈이었다.

"고래나 참치 회, 상어 회는 금방 떨어질 테니 줄을 서셔야 됩니다. 그리고 이 세 가지 회가 다 떨어졌다고 해서 아쉬워하지 마세요. 다음 메뉴로 대형 오징어 회가 준비되어 있습니다."

위드의 칼이 도마 위에서 현란하게 움직이면서 엄청나게 큰 상어의 살점을 저몄다.

다년간 쌓인 요리 실력과, 검술에 의한 집중력을 바탕으로 회를 뜬다.

'최대한 얇게 떠야지. 그래서 양은 많게 보이고… 그러면 돈을 더 벌 수 있으니까!'

냄비에 매운탕을 끓여도 위드는 다른 요리사들과는 경쟁력에서 차이가 있었다.

다른 요리사들이 똑같은 냄비에서 8인분을 꺼낸다면, 위드는 10인분을 만들어 낸다!

뼈와 머리, 꼬리까지 정확하게 분배하고, 또 저렴한 채소들을 푸짐하게 사용. 시원한 국물 등을 아끼지 않고 담아 주면서 인심을 얻는다.

리트바르 마굴에서 사냥을 할 때부터 병사들에게 밥을 해 주며 쌓은 비장의 무기.

상어 회를 뜰 때에도 다른 요리사에 비해 10인분, 20인분씩이 더 나왔다.

"완전 신기하다. 상어 회를 떠서 요리를 해 주네?"

"이건 무슨 맛일까? 스탯을 많이 올려 주려나?"

위드가 음식을 판다는 소문만으로도 손님들이 구름처럼 몰려들었다.

텔레비전에 나온 맛집을 능가하는 위드의 인기!

"둘이 먹으면 하나가 죽을 정도로 맛있대."

"쉿. 대형 오징어의 촉수를 지금 자르고 있어."

위드의 요리에 대해서도 인터넷상에 동영상과 함께 사진들이 올라와 있다. 유저들에 의해 절묘하게 편집된 사진들은 식욕을 자극했고, 반드시 먹어 봐야겠다는 다짐을 하게 만든다.

그렇기에 위드는 더욱 마음 편하게 바가지를 듬뿍 씌울 수 있었다.

"요리를 이렇게 맛있게 만들려면 어떻게 해야 돼요?"

어린 초보 요리사들의 질문에, 위드는 남은 재료들을 모아 매운탕을 만들며 대답했다.

"신선한 재료와 깨끗한 물 그리고 정직과 양심을 조미료로 써서 만들면 됩니다."

회를 먹는 사람들 중에는 맛있어서 일찍 먹어 버리고 아쉬

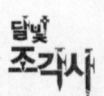

워하는 경우가 많았다.

그래서 서비스 품목으로 누룽지와 탕 국물이 기본으로 제공!

국물만 마시다 보면 입이 허전한 법이다. 그러면 결국 과일주나, 추가로 회를 시킬 수밖에 없게 된다.

이것이야말로 노회한 위드가 사용할 수 있는 2차, 3차 바가지!

"대게를 드시면 게살 죽, 바지락 탕도 서비스! 참고로 복어 독이 아직 덜 빠졌습니다. 둘이 먹다 둘이 모두 죽을 수 있으니, 독 저항력이 높고 생명력이 많은 사람에게만 팝니다. 먹고 죽어도 책임지지 않습니다."

위드의 요리 스킬은 중급 8레벨. 지느러미를 이용한 고급 요리들도 비싸게 팔 수 있었다.

해산물 종합 요리점이라고 해도 될 만큼 방대한 메뉴!

손님을 위한 다양한 메뉴 개발이 아니라, 지골라스에서 돌아오면서 잡은 어류를 몽땅 요리했다.

띠링.

> -요리 스킬의 레벨이 중급 9레벨이 되셨습니다. 감칠맛과 함께, 탕에서 깊은 맛이 우러납니다.

"드디어 9레벨이군."

위드의 요리 천막에는 앉을 틈이 없었다. 축제의 공연장

못지않게 사람들로 붐볐다.

 탕을 끓여 내는 잠깐의 여유 시간을 이용해서 조각품도 만들었다.

 식사를 하면서도 볼거리가 있으면 음식의 맛이 훨씬 좋았던 것처럼 느껴지는 이치!

 요리를 하고 나온 게 껍질들을 모아서, 커다란 게가 집게발로 서 있는 조각품을 만들었다.

"대게 3마리 주세요!"

"여기 밥도 비벼 주나요?"

 조각품을 만드니 관련 메뉴의 인기가 폭발!

 대게 수프와 대게 탕, 껍질에 비벼 먹는 볶음밥은 일품이었다.

 거부할 수 없는 향기가 주변에 퍼지면서 손님들이 계속 줄을 서서 기다렸다.

"모험가들은 꽤 되는군."

 유저들 중에서 로열 로드의 게시판에 많이 알려진 모험가도 다수 만났다.

 북부 대륙을 남들보다 빨리 탐험하기 위해 온 모험가들이 많았다. 돈을 펑펑 써 대면서 요리를 먹을 수 있는 재력을 가진 유저들!

"북부 대륙에는 알려지지 않은 던전들이 많습니다. 우리 파티는 그런 던전들에 대한 정보를 상당히 많이 갖고 있죠."

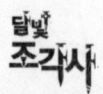

"……."

모험가들은 위드에게 제의도 했다.

"같이 파르벡 계곡 부근을 탐사해 보시겠습니까? 사냥을 같이하고 얻은 전리품에 대해서는 우선권을 드리겠습니다."

"발데스 백작의 무덤에 대해서 알려 드릴까요? 지금은 몬스터의 소굴이 되어 있고 꽤 만만치 않은 던전 같던데요. 나오는 몬스터들의 평균 레벨이 400은 넘더군요. 저희와 위드 님이 힘을 합치면 충분히 승산이 있을 것 같습니다."

위드와 함께 탐험을 하게 되면 인터넷상으로 동영상 중계가 되어 적어도 수백만 명이 시청을 한다. 방송을 타게 되면 유명해지는 것은 기본이고 두둑한 돈까지 벌 수 있으니, 솜씨 좋은 모험가들이 과하다 싶은 제안을 서슴없이 해 오는 것이다.

위드가 보기에도 정말 나쁘지 않은 합류 제의들이 많았다.

북부 대륙까지 모험을 하러 올 정도라면 스스로의 실력에 자신도 있고, 경험도 갖춘 이들이다. 사전 조사도 충분하게 하고 또 파티 구성도 좋아서, 효율적인 사냥과 탐험이 가능한 것.

위드를 유혹하기 위해서 전리품을 많이 넘겨주겠다는 제의도 해 온다.

'모험은 위험하니까 아무나 믿을 수는 없어.'

평판이 좋은 모험 파티들도 있었다. 사냥 속도가 빠르다고 유명한 파티에는 위드도 한번 속해 보고 싶기도 했다.
 하지만 지금의 위드에게는 그림의 떡이었다.
 불사의 군단과 관련된 퀘스트를 갖고 있었기 때문이다.
 유혹의 손길을 뻗치던 전사들과 모험가들이 음식을 먹고 흩어졌다.
 그때 위드가 돌아왔다는 소문을 듣고 달려오는 두 사람이 있었다.
 만돌과 그의 아내였다.
 1쿠퍼짜리 의뢰를 받고, 위드가 철저한 사전 조사 후에 여자아이의 일생을 다룬 인형들을 만들어 준 당사자들이 온 것이다.
 "위드 님, 오셨군요."
 만돌은 덥석 위드의 손을 붙잡았다.
 덥수룩한 털북숭이 장한에게 손을 잡힌 위드였지만 얼굴은 환하게 웃었다.
 지금까지 준비해 두었던 접대용 미소.
 당연히, 저만치서 달려올 때부터 만돌이 여전히 반짝반짝 빛나는 미스릴 부츠를 신고 있다는 걸 확인했기 때문이다.
 '잃어버리지 않았구나.'
 미스릴 부츠는 구하기도 어려울뿐더러, 민첩성을 향상시킬 수 있을 수준으로 만들려면 대장장이 스킬이 정말 높아야 한다. 차라리 검을 만드는 게 쉽지, 금속 계열 부츠는 대장

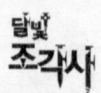

일에서도 까다로운 분야였다.

그만큼 비싸고 귀한 물건.

위드는 조심스럽게 물었다.

"제 작품이 어떠셨는지요."

만돌이 의뢰한 조각품을 만들기 위해 위드는 최선을 다했다. 다른 것들은 실패하면 다시 만들면 되지만, 이번에는 그럴 수가 없어서 신경이 많이 쓰였다.

만돌은 엄지손가락을 들었다.

"최고였습니다. 기대했던 차원의 작품이 아닙니다. 고작 1쿠퍼짜리 의뢰였는데 이렇게까지 신경을 써 주셨을 줄은 정말 몰랐습니다. 제 아내도… 많이 좋아했습니다."

그의 아내인 델피나도 살짝 고개를 숙여서 인사를 했다.

"와아아!"

"조각품을 의뢰한 사람들이다."

줄을 서서 기다리던 손님들은 예술 회관이 문을 열 때 있었던 이야기들을 들어서 알고 있었다.

한 부부를 위하여 모라타의 영주가 만들어 준 조각품!

사실인지 거짓인지 논란이 있었는데, 당사자들이 직접 나타났다.

"다른 지역의 영주들이라면 돈에 환장을 했을 텐데 겨우 1쿠퍼를 받고 대작 조각품을 만들었어?"

"그래도 소유권을 넘겨주는 건 아니잖아."

"아무리 그렇다고 해도… 나 같으면 못 했을 건데."
"가만 보면 우리 영주가 은근히 착한 거 같아. 초보자들을 배려할 줄도 알고 말이야."
"판잣집이나 여러 가지들을 보면 확실히 좋은 영주인 것 같긴 하지."

위드는 스스로의 공을 내세우려고 하지 않았다.

"정말 열심히 하려고 했지만, 최선을 다했음에도 불구하고 실력이 미숙해서 죄송합니다."
"아닙니다. 저희는 정말 고맙게 생각하고 있습니다."
"그래도 이곳까지 굳이 오시게 한 것은 죄송합니다."

솔직히, 위드는 다 생각이 있어 한 짓이었다.

조각품은 달랑 보내 주고 나면 그걸로 끝!

베르사 대륙이 넓다 보니 언제 다시 만날 수 있을지 모르는 것이 아니던가.

추가로 조각품 주변을 완벽하게 꾸며야 했지만, 의뢰비를 받기 위해서라도 만돌이 와야 할 필요가 있었다.

델피나가 밝게 웃으며 말했다. 원래 그녀는 착하고 상냥한 여인이었다.

"모라타에 와서 저희한테는 좋은 일도 생겼어요. 이것 보세요."

델피나는 작은 메추리 알 같은 것을 내밀었다.

위드는 그것을 받아서 살펴보았다.

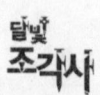

"감정."

> **요정의 알** : 내구도 10/10.
> 깨지기 쉬운 알.
> 어느 요정이 방탕한 생활을 한 후에 버리고 간 것 같다.
> 따뜻하게 품어 주며 일정 시간을 보내면 껍질을 깨고 아기 요정이 탄생한다.
> 요정의 성별은 여자로 고정되어 있다.
> 요정은 엘프보다도 자연적인 친화력이 뛰어나지만, 정신적으로는 미성숙한 편이다.
> 가장 처음 본 대상을 부모로 여기며, 이름을 지어 줄 수 있다. 요정은 부모의 말을 6개월간 따를 것이며, 꼬마 요정의 성장은 빠르다.
> 거주하는 마을의 환경이나 주변 지역에 따라서 성장의 기초에 차이가 있다.
> 어떻게 가르치느냐에 따라서 외모와 성격, 능력 등 모든 미래가 달라지게 될 것이다.
> **제한** : 알이 깨지면 안 됨.
>   꼬마 요정에게 과한 스트레스를 주면 요정들의 나라로 되돌아가 버릴 수 있다.
>   악한 요정을 탄생시켰을 때에는 악명이 매우 크게 쌓이게 된다.

영주성에 요정의 신비한 샘을 설치해 놓은 이후로, 밤마다 요정들이 날아다녔다. 만돌과 델피나는 그들에게 선물이나 음식을 주면서 친해져서 요정의 알을 받았던 것이다.

위드가 요정의 알을 조심해서 돌려주었다.

"정말 얻기 힘든 건데, 축하드립니다."

요정의 알은 구한 유저가 아직 20명도 되지 않는 귀한 것.

위드도 차마 이것을 의뢰비로 달라고 할 수는 없었다.

만돌이나 델피나 부부에게 요정이 진짜 자식 같은 느낌은 물론 아닐 것이다. 하지만 요정들을 돌보면서 상처가 조금이라도 아물 수 있다면 좋으리라.

그리고 전적으로 그들끼리 결정할 문제가 되겠지만, 꼭 낳은 정이 전부는 아니므로 아이를 키우려면 현실에서 입양을 선택할 수도 있을 것이다.

만돌이 호주머니에서 돈을 꺼내 주었다.

"여기 의뢰비 1쿠퍼 있습니다."

순간 위드의 창백해진 얼굴은 토리도를 능가할 정도였다.

"고맙습니다. 확실히 의뢰비를 받았습니다."

위드는 떨리는 손으로 1쿠퍼를 챙겼다.

주는 돈은 받고 보는 게 원칙. 약속된 금액 이상으로 더 달라고 따지기에는 주변에 보는 눈이 너무 많았다.

그러나 만돌의 보상은 이것으로 끝나는 것이 아니었다.

"위드 님이 쓸 만한 물건을 제가 구해 봤습니다. 이것은 정말 저의 작은 성의이니, 꼭 받아 주십시오."

트레세크의 승리를 알리는 뿔피리
전설의 뿔피리.
기사 트레세크의 물건.

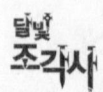

대군을 통솔할 때 사용하던 뿔피리이다.
전장으로 널리 퍼지는 이 뿔피리 소리를 들으면 병사들의 사기가 오르는 효과가 있다.
기사 중의 기사였던 트레세크는 이 뿔피리를 불며 휘하 병사들과 함께 베르사 대륙의 여러 곳을 다녔다. 그리고 모든 전투를 승리로 이끌었다.
제한 : 통솔력 850.
기사 전용.
레벨 400 이상.
전투 중에 300인 이상의 부하들을 지휘한 경력.
옵션 : 전투에서 병사들의 숨겨진 힘을 이끌어 냄.
다수의 병사들에게 치료의 손길. 단 3회 가능.
명성 +600.
돌격 시에 보너스.
병사들이 투지의 영향을 적게 받으면서 강한 적과 싸우게 만듦.
전투 승리 시에 얻는 병사들의 경험치 증가.
적들의 사기 저하.
기사, 귀족이 사용할 때는 효과가 20% 증가함.

위드의 군침이 삼켜졌다.

기사니 귀족 들이 눈에 불을 켜고 찾는다는 아이템이었다.

아이템 거래 사이트에서는 없어서 못 팔아서, 사기 쳐서라도 팔려고 한다는 그 유명한 아이템!

병사들을 양성하기에는 최고의 물건이라서 부르는 게 값이며, 좀 많이 불러도 도둑놈이라는 소리를 안 듣는다는 바로 그 물건이었다.

"저를 어떻게 보시고… 이런 대가를 바라고 한 일이 아니었습니다."

만돌이 간곡한 어조로, 작은 성의지만 꼭 받아 달라는 말을 하지 않았더라면 이런 예의를 차릴 여유도 없었을 것이다. 만돌이 다시 권할 것이 확실해 보였기 때문에 슬쩍 거절의 의사를 보여 본 것이었다.

"이것을 드릴 사람은 위드 님밖에 생각나지 않았습니다. 그러니까 꼭 받아 주셨으면 합니다."

"허, 이것 참. 자꾸 권하시니 거절할 수도 없고……."

위드는 곤란하다는 듯이 어색하게 얼굴을 찌푸리면서도 양손을 슬며시 내밀었다.

만돌도 그 뜻을 이해한다는 듯이, 손바닥 위에 뿔피리를 올려 주었다.

띠링!

―트레세크의 승리를 알리는 뿔피리를 획득하셨습니다.

위드는 입가를 실룩이면서 말했다.

"요정이 태어나면… 제가 옷을 만들어 드리겠습니다."

귀한 보물인 뿔피리도 받았는데 옷감이 얼마 들지도 않을 유아복 한 벌쯤이야 기꺼이 제공해 주고 싶었다.

만돌처럼 양심적인 유저와는 더욱 친해질 필요가 있지 않겠는가!

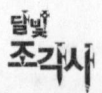

'딱 산 도둑놈처럼 생겨 가지고 인심이 후하군. 외모만 보고 사람을 평가해서는 안 된다더니 역시……! 얼굴이 험할 뿐, 근본까지 악랄한 사람은 아니었어.'

상대에게 감동을 주고 그 대가를 받았으니 무엇보다 뿌듯할 수밖에 없었다. 검술 스킬을 열심히 익혀서 전에는 잡지 못하던 몬스터를 잡는 것만큼이나 기쁜 일이었다.

식당에서 요리를 먹던 페일이나 메이런, 화령, 다른 일행도 위드의 선행을 보면서 새로운 모습을 봤다면서 우러러보았다.

그런 시선들조차도 위드의 입가에 만족스러운 경련을 일으키게 만드는 이유였다.

헤르메스 길드의 총본산.
"아곰타 지역에 대한 접수가 끝났습니다."
"아나보레스 마을 점령을 마치고 건물들의 피해 상황을 확인하고 있습니다."

하벤 왕국의 성과 요새 들을 무력으로 점거하는 헤르메스 길드.

그들이 강하리라는 것은 모두가 짐작하는 바였지만, 헤르메스 길드의 강함은 단순히 상상을 넘어 무시무시할 정도였다.

베르사 대륙에서 레벨로 따지면 최상위권에 속하는 랭커들이 헤르메스 길드 소속임을 선언하였다. 레벨 400이 넘는 신흥 강자들도 속속 등장했다.

훈련된 병사들과 기사들, 마법병단을 이끌고 다니면서 다른 영주와 귀족 들의 군대를 격파하고 영토에 깃발을 꽂았다.

헤르메스 길드의 세력권은 하루가 다르게 늘어나고 있었으며, 그들을 상징하는 노란색 깃발이 왕국 전역을 잠식해 들어갔다.

"헤르메스 길드에 가입하고 싶은데, 어떤 자격 조건을 갖춰야 되나요?"

"저희 길드가 통째로 옮겨 갈 수 있을까요?"

강한 힘에는 사람들이 몰리기 마련.

레벨이 최소한 200이 넘는 유저들이 매일 수천 명씩 헤르메스 길드 지부의 문을 두들겼다. 하벤 왕국의 각 성과 도시의 지부들마다, 가입을 신청하는 유저들이 새벽부터 줄을 섰다.

그들을 막을 수 있는 것은 철혈기사단과 고독한용병, 적마법사와 다른 중소 길드들로 이루어진 반헤르메스 길드 연합밖에 없었다.

하벤 왕국에서는 실질적으로 헤르메스 길드 그리고 반헤르메스 길드 연합, 이 양대 세력이 경쟁적으로 세력을 넓히면서 강해졌던 것이다.

난립하던 수많은 길드들이 정리되고, 힘은 양쪽으로 모였다.

하지만 반헤르메스 길드 연합에서는 군대를 내보낼 때마다 연전연패!

더 많은 병력과 고레벨 유저들을 전장에 파병했음에도 불구하고 거듭된 패배로 인하여 헤르메스 길드의 명예만 드높여 주는 실정이었다.

지금은 마지막까지 몰려서 분열을 눈앞에 두고 있었다.

"하벤 왕국의 병탄도 얼마 남지 않았습니다."

라페이는 길드의 수뇌부와 끊임없이 회의를 했다.

전쟁 상황을 매시간마다 확인하고, 즉각적으로 대응한다.

바드레이가 헤르메스 길드의 진짜 지배자였지만 그는 아직 나서고 싶어 하지도 않았다. 최소한 왕국 간의 전쟁 정도는 되어야 나오겠다면서 사냥에만 열중했다.

"프리그 지역은요? 거기는 우리에 대해서 꽤나 반감을 표시했던 거쉬냅이라는 유저가 성주로 있지 않았습니까?"

"항복을 거부했습니다. 헤르메스 길드의 지배권을 인정하지 않겠다고 합니다."

"근처에 있는 병력은?"

"하루 거리에 테페른 기사단과 2군단이 있습니다."

"모조리 쓸어버려요. 무서움을 보여 줄 필요도 있으니, 전투가 벌어진 이후에는 항복을 받지 않도록 합니다."

헤르메스 길드는 성과 요새를 고스란히 넘기고 투항하지 않는 성주와 통치자 들은 철저히 짓밟았다. 그 땅에 있는 모든 것을 부숴 버리고, 되살아난 유저는 하벤 왕국에 다시 발붙일 수 없도록 척살령을 내려서 내몰았다.

 본보기를 보여 공포라는 무기를 적절하게 휘두르면서 항복하는 이들을 받아들이고, 유저들을 헤르메스 길드의 힘 아래에 가두어 놓았다.

 "이제 수도만 치면 되겠군요."

 왕과 왕족들이 있는 수도에도 몇만에 달하는 정예병이 있었다. 헤르메스 길드에서는 그들까지 격파해야 하벤 왕국을 완전히 손아귀에 넣게 된다.

 하지만 전투에 대한 걱정은 별로 들지 않았다.

 오래전부터 준비해 왔던 일이고, 힘의 균형은 이미 헤르메스 길드에 기울어 있다.

 그저 헤르메스 길드의 전력을 있는 그대로 과시하면 될, 하벤 왕국에서의 최후의 전투가 될 것이다.

 이번 전쟁은 패권 동맹으로 인해 일어난 게 아니라 훨씬 전부터 계획된 것이었다.

 하벤 왕국의 가장 큰 세력으로 헤르메스 길드가 떠올랐을 때, 라페이는 크게 부담감을 느꼈다.

 왕국 내부에는 헤르메스 길드를 인정하지 않는 세력들이 굉장히 많았다. 중앙 대륙에 있는 헤르메스 길드에 비해 그리

규모가 작지 않은 다른 명문 길드들에서도 심하게 경계했다.

전쟁 자금도 바닥이 나고, 길드 소속의 유저들도 많이 지쳤다. 제대로 뭉치지 못한 헤르메스 길드에서는 내실을 다져야 할 필요성이 있다.

암중에 그들의 조종을 받는 길드들을 주축으로, 반헤르메스 길드 연합을 창설했다.

끝없이 평행선을 달리는 2개의 세력을 바탕으로 하벤 왕국의 유저들을 경쟁적으로 가입시켰다.

반헤르메스 길드 연합이 창설되면서 약간의 영토를 잃어버려야 했지만, 그것은 큰 피해라고 볼 수는 없다.

암중에 유저들과 길드들을 포섭하고, 적대감을 가진 이들을 반헤르메스 길드 연합 내부로 모아서 적들의 움직임을 간파했다.

지금 하벤 왕국에서 벌어지는 모든 전투들은 헤르메스 길드에 의하여 기획되어 있는 것이나 다를 바가 없었다.

"하벤 왕국을 완전 장악하게 되면 건국식을 해야 될 텐데, 그 준비는 어떻습니까?"

"차질 없이 진행되고 있습니다. 수도 점령을 마치는 날부터 사흘간 이루어질 겁니다."

라페이는 하벤 왕국을 이미 자신의 것으로 생각하고 있었다.

반헤르메스 길드 연합에 대한 결정도 이미 났다.

그들의 조종을 받는 길드들은 항복을 받아 흡수하고, 비밀리에 합의한 곳들도 받아들인다. 수도를 점령하기 전에 길드 연합과 크게 한번 싸워서 격파할 것이다.

 확실한 힘의 차이를 보여 주면 반헤르메스 길드 연합은 완전히 해체되고 말 것이다.

 이러한 시나리오에 따라 헤르메스 길드는 전쟁을 통해 엄청난 무력과 세력을 키우는 것이다. 다른 명문 길드들조차도 따라오지 못할 광대한 영토를 확보하고, 전투부대를 만들어 내게 된다.

 "그런데 위드에 대해서는… 그대로 놓아두어도 되는 겁니까?"

 수뇌부 중의 1명이 의견을 제시했다.

 현재 헤르메스 길드의 힘과 영향력은 역대 최고였다. 로열 로드와 관련된 모든 곳에서 헤르메스 길드를 무서워하고, 또한 부러워한다.

 하지만 그럴 때마다 따라 나오는 이야기가 있었다.

 ― 위드한테 깨진 곳?
 ― 제법이네. 그래 봐야 위드한테는 안 되겠지만.

 헤르메스 길드가 감춰 놓은 이빨을 드러내지 않을 때에도 위드와는 객관적인 전력에서 비교가 안 됐다. 지금은 말할

것도 없는 수준이다.

그럼에도 헤르메스 길드의 명예가 꺾여서, 당사자들은 여간 불쾌하지 않았다.

"위드를 그냥 내버려 두어서는 안 됩니다. 더 클 수 있을지도 모르는 싹은 일찍부터 밟아 놔야 합니다."

"헤르메스에 있어서, 위드 따위는 손쉽게 죽일 수 있는 존재일 뿐이라는 사실을 사람들에게 보여 줄 필요도 있습니다."

수뇌부가 다들 한마디씩 했다.

드린펠트와 그의 함대야 원래 바다 출신이다.

바다를 터전으로 삼은 유저들은 적었고, 그들 중에서 뛰어나다고 해도 육지에서는 많은 불리함을 안고 싸우다가 피해를 입어야 했다.

지상군이 강력한 헤르메스 길드에서는 위드를 잡고 패배를 설욕하기 위하여 병력을 보냈다.

하지만 그때는 하필이면 해상전이 벌어지고 말았다.

결국 제대로 힘도 발휘하지 못하고 패배해서 헤르메스 길드의 자존심을 흔들어 놓은 것.

"위드는 잡아야 됩니다."

"베르사 대륙에는 전쟁의 신이 없다는 것을, 영웅이란 없다는 걸 보여 줘야죠."

수뇌부의 공통된 의견을 라페이는 받아들이기로 했다.

바드레이가 위드에게 느끼는 각별한 감정은 혼자만 알고 있으면서 다른 사람들에게 말하지 않았다.

바드레이도 드린펠트와 그리피스를 보내서 위드를 척살하도록 했으니, 그도 위드를 싫어한다는 사실은 명백한 바!

라페이는 회의실을 돌아보았다.

"그러면 누구를 보내면 좋겠습니까?"

하벤 왕국을 점령하고 나면 다른 왕국이나 명문 길드 들과의 전쟁이 계속 이어지겠지만, 지금은 정해진 전투들만이 남았으니 여유가 있다.

지골라스까지 가야 했던 때와는 다르게 위드를 잡기에는 충분하고도 넘칠 병력을 보낼 수 있다.

"폴론이 어떨까요?"

드린펠트와는 비교가 안 될 정도로 강한 기사였다. 그리고 개인 기사단도 거느리고 있었다.

크레마 기사단.

폴론은 기사단장으로서, 이번 전쟁에서도 혁혁한 공을 세우며 전투력을 증명했다.

"폴론과 그의 기사단이면 괜찮겠군요."

"좋은 의견입니다. 지금 그들이 점령하고 있는 지역은 우리 세력권의 안쪽이라서 더 이상의 전투는 없을 테니까요."

"수도를 칠 때는 공성전이 벌어질 테고, 그들이 빠지더라도 기사의 전력은 압도적이니까 보내더라도 차질은 일어나

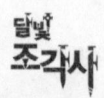

지 않습니다."

그런데도 수뇌부에서는 더 많은 지원 병력을 붙여 주길 원했다.

"이번에도 실수를 하거나 하면 곤란할 수 있습니다."

"상대가 위드인 만큼 어떤 변수를 만들 수도 있을 겁니다."

"제7 마법병단이면 폴론을 잘 보좌할 수 있지 않을까요?"

"그러면 웬만한 성을 부숴 버릴 정도의 전력이니… 위드를 잡기에 충분할 겁니다."

폴론과 그의 기사단으로도 확실하다고 생각했지만 도망칠 수도 있으니 지원 병력까지 준비했다. 지골라스에서 리치로 변해서 싸우던 모습이 깊은 인상을 남겼기 때문이다.

"폴론과 기사단 그리고 제7 마법병단이라……."

기사단이 200명, 제7 마법병단에 속한 마법사만 130명이나 된다.

그들의 전투력이면 위드를 잡는 것은 쉬운 일이었다.

게다가 폴론에게 명령을 내린다면 기사단만 이끌고 출정하는 게 아니라 1천에 이르는 레인저 부대들까지 데려갈 수 있다.

"조금 과한 것 같기도 한데… 하지만 완벽하게 처리하는 편이 좋겠죠. 헤르메스의 능력을 보여 주어야 하는 자리니까."

라페이는 폴론과 마법병단을 불러 위드를 처리하라는 명령을 내렸다.

"정보에 의하면 얼마 후면 위드는 불사의 군단과 관련된 퀘스트를 하러 간다고 합니다. 더 이상 떠들썩하게 퀘스트를 성공하거나 사냥을 하도록 내버려 두면 안 됩니다."

라페이의 명령은 폴론이 자주 처리했던 분야의 일이었다.

"죽이면 됩니까?"

"목표를 확실히 없애 버리시면 됩니다. 동료가 있다면 그 동료들도 쓸어버리고, 할 수 있는 한 철저하게 방해를 해야 겠죠."

폴론에게 위드는 꼭 싸워 보고 싶었던 상대이기도 했다.

기사로서, 그리고 지금까지 강함을 추구해 오면서 이런 기회를 기다리고 있었다.

"알겠습니다. 확실하게 처리하겠습니다."

폴론은 기사단과 레인저 부대를 모두 준비시키고, 마법병 단이 합류하자마자 출발했다.

지골라스에서는 늦게 도착해서 지형에 대한 불리함이 크게 작용했다. 지형적인 유불리가 육지와 해상을 넘나들면서 작용하리라고는 누구도 생각하지 못했으리라. 하지만 이번에는 미리 가서 잠복하며 정보들을 모으고 위드가 도착하는 대로 사냥할 작정이었다.

모라타의 축제는 밤에도 끝나지 않았다.

불을 밝히고 야시장이 열리면서 물품 거래가 활발하게 이루어진다.

 위드는 남은 음식 재료들을 이용해서 일행에게 특선 해물탕을 만들어 줬다.

 "많이들 드세요. 그리고 이건 지골라스에서 담근 술입니다."

 보통, 돈이나 다를 바가 없는 술은 정말 웬만해서는 내놓지 않았던 것이다.

 볼라드와 테어벳의 갈비구이도 푸짐하게 나왔다.

 이틀은 밥을 먹지 않아도 될 만큼 포만감을 올려 줄 뿐만 아니라, 스탯들도 임시지만 20개, 30개 이상을 올려 주는 기가 막힌 요리.

 하지만 무엇보다도 음식 본연의 맛과 향이 군침을 절로 삼키게 만들었다.

 수르카가 천진난만하게 물었다.

 "이것들은 파는 거 아니에요? 정말 제가 먹어도 돼요?"

 "네. 일부러 차린 거니까 많이 드세요."

 오빠처럼 다정하게 말하는 위드!

 기대도 하지 않았던 뿔피리도 얻었으니, 지금 심정이라면 작년부터 오른 전기 요금 고지서를 다시 읽더라도 기쁠 것 같았다.

 "그럼 잘 먹겠습니다."

수르카를 시작으로 해서 페일, 마판, 제피, 화령, 이리엔, 로뮤나, 방송을 끝내고 온 메이런이 갈비를 뜯었다.
 서윤도 테이블 구석을 차지하고 갈비를 품위 있게 칼로 잘라 먹는 모습.
 검치 들이라면 상상도 하지 못할 기품 있는 자태였다.
 그들은 갈비를 각자 세 대 정도씩 뜯어 먹으면서도 다음에 올 무언가를 기다렸다.
 위드가 그들에게 공짜 갈비를 주진 않을 거라는 확고한 믿음!
 '말을 꺼내실 때가 되었는데…….'
 '갈비값을 내라는 걸까? 근데 이 정도의 맛과 영양이라면 돈을 내고 사 먹을 손님들이 널려 있을 텐데?'
 번거롭게 일을 꾸밀 필요는 없었다.
 하지만 위드는 불판에서 갈비를 굽기만 했다.
 '지금까지 나와 함께 있어 준 동료들.'
 지골라스의 근처 해역까지 와 줄 거라고는 상상도 하지 못했다. 그만큼의 믿음과 배려에 대해 무언가 보답을 하지 않으면 안 되겠기에, 모라타로 돌아와서 조미료 등을 구입한 후에 양념갈비구이를 해 주는 것이다.
 '어떤 어려운 부탁을 하시려고…….'
 '뭘까, 대체 이번엔 무슨 일일까?'
 위드의 그런 속내를 알 리 없으니, 갈비를 뜯으면서도 괜

히 더 불안해하는 동료들이었다.

　　　　　　　　　　🜂

　검치 들은 바다에서 수련을 쌓았다. 파도를 향해서 검을 휘두르고, 커다란 바위를 밀면서 해변을 달렸다.
　"어쩜! 저 근육 좀 봐."
　지나가던 여성 유저들이 환호성을 질렀다.
　로열 로드에서 이름난 휴양지에서는 검삼치를 비롯한 사범들과 수련생들의 몸매가 제대로 먹혀들었던 것이다.
　"우리의 인기도 괜찮은데요."
　"오늘이 마지막 날이니 열심히 운동하고, 저녁에는 술집에서 열대 과일 주스라도 한잔하자."
　"옙!"
　수련생들은 체력 훈련에 박차를 가했다.
　사냥을 할 때에도 워낙에 무식할 정도로 전력을 다했다. 그러나 해상 전투, 바다 괴물들과 싸우는 것은 훨씬 어려웠다.
　띠링!

극한의 무예인
고대의 무예인들은 적들에 맞서 스스로의 몸을 단련하였다.
한계를 뛰어넘는 수련은 육체를 성장시킬 것이다.

난이도 : 직업 수련 퀘스트
보상 : 200일간 수련의 정도에 따라 전투 스킬과 스탯의 성장
퀘스트 제한 : 무예인 한정
  평생 단 1회만 퀘스트를 수행할 수 있음.

 검치 들은 몬스터만 보면 레벨에 상관하지 않고 무모하다 할 정도로 싸웠고, 이기고 지고를 반복했다. 그 덕에 무예인의 성장과 관련된 숨겨진 수련이 뜬 것이다.
 "육체 단련과 수련이라… 강해질 수 있는 기회다. 오늘부터는 특별 훈련이다."
 검치 들은 그날부터 훈련에 돌입했다.
 비슷하게 바다 괴물과 싸우면서 고전을 하다 보니 사범과 수련생 들에게 거의 동일하게 떠오른 퀘스트였다.
 검삼치는 수련생들에게 명령했다.
 "하루에 보리 빵은 2개씩만 먹어라. 죽지만 않으면 된다."
 훈련에는 배부름조차도 사치였다.
 "해가 뜰 무렵에 가볍게 통나무를 끌고 해변을 두 바퀴 돌고, 무게를 강화한 검을 400회씩 휘두르자."
 "아침 훈련을 그 정도로 될까요? 검치 스승님께서 보시면 우리가 나태해졌다고 하실 수도 있습니다. 맨주먹으로 암석 500개씩 깨기도 좋을 것 같은데요."
 "왼손과 오른발로만 절벽을 오르는 건 어떨까요? 절벽에서

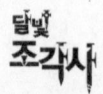

떨어지며 땅바닥에 부딪치면 맷집도 길러질 것 같은데요."

참신한 아이디어들이 속출!

아침 수련이 끝나는 건 아무리 빨라도 오후였고, 그 이후에도 수련은 계속되었다.

"굶주림과도 싸워 보자. 이 지긋지긋한 굶주림을 정신력으로 극복해 보는 거지."

사범들과 수련생들은 2개의 대검을 양손에 들고 큰 파도가 오면 있는 힘을 다해서 휘둘렀다.

파도가 산산이 부서지면서 차가운 물을 뒤집어쓸 때의 상쾌함!

끝이 나지 않을 것 같은 훈련들, 할 때는 힘들지만 분명히 시원한 성취감이 있었다.

밤에 체력이 다 소진되고 파도에 밀려 1명씩 쓰러지고 난다고 해서 하루의 일과가 끝나는 것은 아니었다.

"육체란 검과 같다. 담금질을 할수록 강해지는 것이다. 우리는 그동안 너무 나약했다."

검삼치가 수련생들을 모아 놓고 꾸중을 했다. 그리고 무거운 갑옷을 입고 바위까지 등에 지고 모래사장을 달렸다.

밤낮을 가리지 않고 200일간 이루어진, 상상을 초월하는 훈련!

검사백일치는 심장이 터져서 죽을 것만 같았다.

'뛴다. 나는 뛴다. 그리고 할 수 있다.'

달리는 행동이 온몸을 고통스럽게 만들었다.

한계!

육체가 아니라 스스로와의 싸움이었다.

극한의 무예인이라는 직업 수련 퀘스트가 뜨고 나서부터 신체의 감각이 비상하게 예민해졌다. 근육 한 오라기까지 선명하게 느낄 수 있을 정도였다.

— 이제는 포기해도 돼.

— 훌륭하시네요. 정말 대단하세요. 이제 쉬면 됩니다. 달콤하게 휴식을 취하세요.

실제로 어떤 목소리가 수련을 할 때마다 귓가에서 속삭였다.

유혹이라는 것을 알지만, 모든 것이 괴롭고 고통스러운 지금은 오히려 그를 걱정해 주고 보살펴 주는 소리라는 생각이 들 정도다.

하지만 검사백일치는 그 말들을 무시하고 뛰었다.

'여기서 멈출 수는 없어. 사형들이 뛰고 있다. 그리고 사제들도 뛰고 있는데 내가 먼저 포기해서는 안 돼.'

사나이의 자존심은 포기할 수 있는 게 아니라서, 계속 뛰어야 했다.

현실에서는 고려해야 될 부분들이 많다.

뼈와 근육, 인대 손상, 신경의 단절 등! 무모한 훈련이란 것이 불가능했다.

 하룻밤을 자고 일어난다고 해서 부서진 뼈가 회복되지는 않는 것이다.

 훈련의 양을 늘리더라도 몸이 받아들이지 못하기 때문에 영구적인 신체의 손실까지도 일어날 수 있다.

 하지만 로열 로드에서는 가능했다.

 고통을 참고 한 걸음을 내디디면 될 뿐이다.

 시야가 새하얗게 타 버린 것 같은 세상에서 사형제들을 믿고 검사백일치는 끊임없이 앞으로 달린다.

-한계를 극복했습니다.
 힘 스탯이 2 증가합니다.

 가끔씩 나오는 메시지 창은 중요하지 않았다.

 육체가 아니라 정신을 단련하고 있었다. 완전히 최악인 훈련을 마음껏 즐길 수가 있다.

 "훈련을 하다 죽는 것은 즐거운 경험이다. 모두 구르자!"

 검치 들은 육체만이 아니라 정신적인 단련을 위해서라도 기꺼이 더한 훈련 과정을 만들어서 수행했다.

 매일매일 훈련 강도는 점차 강해졌다.

심지어는 체력이 완전히 고갈되어서 과로로 죽는 이들까지 나왔지만, 훈련량은 줄어들지 않았다.
 휴양지 이피아 섬과 다른 섬들을 오가면서 극한 훈련을 한 검치 들!
 마침내 오늘, 그들의 훈련이 끝났다.
 얼굴에 진흙을 묻힌 채로 검오치가 물었다.
 "사형들, 오늘 이후로는 뭘 하실 겁니까?"
 훈련 기간 동안 몸에 힘과 체력, 민첩성이 부쩍부쩍 늘었다.
 검술 스킬은 현재 고급 3레벨에서, 높은 이들은 5레벨까지 되었다. 하지만 검술 스킬이야 언제고 마스터할 수 있기 때문에 기초 훈련을 더욱 충실히 했다.
 검삼치는 파도를 향해서 검을 휘두르면서 대답했다.
 "바다만 봐도 이제 지긋지긋하다. 이곳에서 이룰 것은 대충 다 이룬 것 같으니 어디 다른 곳으로 가자."
 "대륙으로 돌아갈까요?"
 "그것도 좋겠지."
 검치 들은 훈련을 마치고 사흘씩은 각자 휴가를 보냈다.
 해변가에서 근육을 뽐내며 오렌지 주스를 마시면서 일광욕을 즐겼다. 술집에서 가볍게 과일 음료를 마시면서 편안하게 쉬기도 했다.
 그런 그들에게 접근하는 여자들이 있었다.
 "혹시 다른 일행 있으세요?"

검치 들은 잠시 멍한 얼굴을 했다.

설마 이것은 말로만 듣던 상황!

이럴 때에 대답하는 방법을 제피로부터 미리 배워 두었다. 다른 일행이 500명쯤 있다고 하는 것은 절대 해서는 안 될 일이었다.

"아니요. 남자 3명이 왔습니다."

"그러면 저희랑 짝이 맞는데 같이 해변가에서 노실래요?"

"저희라도 좋으시다면… 영광입니다."

꿀맛 같은 휴식을 만끽하면서, 여자들과 대화할 기회도 가졌다. 휴양지에서의 만남은 짧았지만, 친구 등록도 하고 기회가 되면 반드시 다시 만나자는 약속도 했다.

바다에서는 최강의 직업이라는 해녀들과 같이 해변가를 거닐기도 했다.

"이피아 섬에서의 명성은 익히 들었어요."

"하하하, 그렇습니까?"

"미역국이라도 같이 먹을래요?"

해녀들은 해산물 요리에 대해서는 매우 뛰어난 스킬을 기본으로 갖고 있었다.

하지만 휴식과 관광을 즐기는 휴양지의 분위기는, 타고난 투사들인 그들에게 잘 맞지 않았다.

"이제 대륙으로 돌아가자."

사범들만이 아니라 수련생들도, 몬스터가 많은 육지에서

의 모험을 하고 싶었다.

이피아 섬과 그 주변을 돌던 생활을 마치고 대륙으로의 귀환을 결정했다.

"마지막으로 크라켄이나 잡아 볼까요?"

몬스터를 사냥하기로 한 유저들은 보통 먼저 묻고 답하는 것들이 있었다. 레벨, 주요 공격 방법, 습성, 전리품, 서식지 등 여러 가지들을 확실히 파악하고 도전을 하곤 했다.

하지만 검치 들에게 많은 말은 필요 없었다.

"맛있을까?"

"그냥 기념이죠, 뭐."

대형 바다 괴물.

함대를 통째로 잡아먹는다는 크라켄과 안 싸우고 가면 허전하다는 이유로 덤벼 보기로 결정.

마법사나 성직자의 지원도 없었지만 크라켄이 나왔다던 바다로 향했다.

"구워 먹으면 맛있겠지?"

"사형, 섬에서 통구이용 양념도 사 왔습니다."

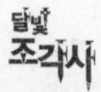

본사 방문

KMC미디어의 간판 프로그램이라고 할 수 있는 베르사 대륙 이야기.

사냥터 정보와 던전 발견, 상인들이 취급하는 교역품의 시세 변화, 숨겨진 종족이나 전설에 대한 소문, 유명한 유저나 퀘스트 성공에 대해서도 알려 주었다.

최근 들어서는 중앙 대륙의 전쟁에 대한 소식들을 빠르게 전달했다.

"티봇의 언덕 부근이 제니아 마법사단에 의해 점령되었습니다. 메이펠 길드에서는 용병들을 구해서 막으려고 했지만 전력 차이가 너무 커서 결국 수비에 실패했습니다. 신혜민 씨, 전투 동영상이 입수되었다면서요?"

"네. 현재 시간으로 2시간 전에 끝난 티봇 언덕 공방전을, 급한 소식들을 전하고 잠시 후에 보여 드리겠습니다. 병사들까지 대거 동원된 격렬한 전투였다고 하네요."

"마법사를 좋아하는 분들은 기대해 주셔도 좋을 것 같습니다."

전쟁이 활발하게 벌어지면서 용병이나 병사 들까지 투입되는 큰 규모의 전투가 자주 일어났다.

길드들의 흥망성쇠가 결정되고, 잠들어 있던 영웅들이 일어나는 시대였다.

"헤르메스 길드는 완벽하게 하벤 왕국의 주인이 되었습니다. 오주완 씨, 반헤르메스 길드 연합이 항복을 했다죠?"

"철혈기사단과 고독한용병, 적마법사 들로 이루어진 반헤르메스 길드에서는 연속된 전투의 패배, 소속 유저들의 이탈을 감당하지 못하고 무조건항복을 선언했습니다. 헤르메스 길드는 현재 하벤 왕국의 169개 성 중에서 147개를 점령하고 있습니다."

"22개는 어떤 곳인가요?"

"헤르메스 길드의 동맹 길드들이 있는 성들입니다. 세력의 차이가 워낙 크니 사실상 부하 길드라고 불러도 무방하겠죠. 하벤 왕국을 완전히 장악한 헤르메스 길드는 대대적인 건국식을 개최할 계획입니다."

"건국식이라니, 처음 이루어지는 행사로군요. 궁금해하

시는 분들이 많으실 것 같은데요."

"성이나 마을의 명성처럼 국가 명성이란 것도 있는데, 외교나 내정의 여러 분야에서 매우 중요하게 작용한다고 합니다. 건국식이 국가 명성에 주는 영향이 매우 크다네요."

"헤르메스 길드에서는 많은 준비를 했겠는데요."

"말씀하신 그대로입니다. 중앙 대륙을 떠도는 악단들을 초대하여, 수도 아렌 성에서 일주일간 파티를 연다고 합니다."

"참가 자격은요?"

"헤르메스 길드에서 아직 새로운 국가의 이름을 밝히지는 않았습니다만, 현재의 하벤 왕국 유저들은 모두 참석할 수 있습니다."

"대단한 자리가 되겠군요."

왕국 전체의 유저들이 참여할 수 있는 자리.

유저들이나 경쟁 길드들에 대대적으로 과시할 수 있는 자리가 될 것이기 때문에 헤르메스 길드에서는 더더욱 그들의 역량을 총동원하여 성대하게 치를 것이다.

KMC미디어를 비롯해서, 로열 로드와 관련된 모든 방송사들이 헤르메스 길드의 건국식을 중계하기로 결정했다.

"건국식에서 왕의 자리에 오르는 것은 누구인지 밝혀졌습니까?"

"입수된 소식에 의하면 바드레이라고 합니다."

바드레이는 최고의 명성과 권위, 무력을 가지고 있었다.

이제 한 국가의 왕이 되는 것이다.

"헤르메스 길드는 이번에 더욱 날개를 단 셈이 되겠네요."

"물론입니다. 하벤 왕국을 지배함으로써 그들은 명실공히 최고의 자리에 올랐습니다."

"무조건항복을 결정한 반헤르메스 길드는 어떻게 되었나요?"

"그간의 적대적인 태도를 버리고 헤르메스 길드의 휘하로 들어가기로 결정했습니다. 일부 길드들은 다른 왕국으로의 이전을 준비 중입니다."

"얼마 전에 지골라스에서 실추되었던 명예를 완벽하게 복구하게 되었네요."

"그렇습니다. 소속이 없던 고레벨 유저들도 헤르메스 길드에 많이 가입을 하고 있습니다."

"하벤 왕국의 상황은 이렇게 정리가 된 것 같고, 다른 지역의 전투는 어떤가요?"

"여전히 교착 상태입니다."

하벤 왕국을 제외한 다른 왕국들에서는 전쟁이 계속 벌어지고 있었다.

밀리던 약소 길드들이 연합을 맺고 전선을 확대했다. 또한 고레벨 유저들이 속속 모습을 드러내면서, 명문 길드들의 뜻대로만 되지는 않는 모습이었다.

축제가 끝나고 난 후에, 강림하는 일곱 천사의 조각품이 예술 회관에 들어가게 되었다.

조각술 마스터 데이크람이 만든, 베르사 대륙의 보물. 가히 성물과도 비견될 수 있는 훌륭한 조각품이었다.

띠링!

강림하는 일곱 천사상이 모라타 예술 회관에 전시되게 되었습니다.
조각품이 지역의 조각술에 선풍적인 대유행을 선도합니다.
지역의 문화 발전 속도를 5% 더 빨리 증가시킵니다.
문화적인 영향력을 증가시킵니다.
예술의 부흥을 이끌며, 관련 예술계에 종사하는 이들의 명성이 증가합니다.

-모라타가 조각 예술품의 성지가 되었습니다.
 지역 명성이 증가합니다.

천사의 축복에, 스탯 향상 그리고 모라타에 있는 사제와 성기사 들의 신앙심까지 올려 준다.

모라타에 있는 유저들은 예술 회관으로 몰려들었다.

"이걸 지골라스에서 가져왔다지? 미스릴을 조각하다니, 조각술 마스터의 작품은 정말 믿기지가 않네."

"위드의 실력도 이 정도는 되지 않을까?"

"아직은 무리일 거야. 유저 중에서 조각술을 마스터했다는 사람은 없잖아. 하지만 위드도 작품을 많이 만들었으니 크게 뒤떨어지지 않는 실력임은 틀림없어."

예술 회관의 일일 관람객들이 3배로 늘어난 것은 물론이고, 데이크람의 작품을 보며 다들 호평이 자자했다. 모라타를 알릴 수 있는 조각품에, 위드의 작품은 아니었지만 하나가 더 추가된 것이다.

그리고 위드는 그날로 예술 회관의 공식 입장료를 5골드, 레벨이 100이 안 되는 초보들의 경우에는 1골드씩 올렸다.

비단 강림하는 일곱 천사상이 전시되어서가 아니라, 모라타에 있는 예술가들에 의해 예술 회관의 작품들은 날로 많아지고 있었다. 그들이 새로운 조각품들에 도전하고, 입장료 수입을 나누어 받는다. 조각사와 화가 들끼리 경쟁까지 붙어서, 작품의 질이 갈수록 향상되고 있었다.

하지만 그럼에도 불구하고 항의하는 유저들이 많았다.

"우우! 이건 영주의 횡포다. 우리도 문화 작품들을 관람할 수 있게 입장료를 원위치시켜 달라."

"사냥을 나가기 전에 매일 들어와야 되는 예술 회관에서 15골드나 받는 것은 너무하다. 모라타 예술 회관은 그냥 그런 건물이 아니라 사냥의 필수품이니, 가격을 낮춰야 마땅하다!"

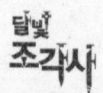

"주민들의 뜻을 고려하지 않은 요금 인상은 절대 무효!"

일부 유저들이 예술 회관의 입구에서 큰 목소리로 거세게 항의를 했다. 매일 이용하는 건물의 입장료가 오르는 것은 결코 달갑지 않은 조치였기 때문이다.

위드는 그러므로 입장문을 발표했다.

입장료 인상을 최소화하려고 하였으나 원자재 가격 증가와 안정적인 건물 경영을 위하여 물가 상승분을 반영……

정부에서 지하철이나 전기, 수도세를 인상시킬 때 써먹었던 바로 그대로의 뻔뻔한 논리!

항의는 심했지만, 초보자들은 여전히 별로 오르지 않은 가격인 4골드만 내면 되기에 조용한 편이었다.

한편으로는 항의하는 자들을 오히려 나무라는 축도 있었다. 빛의 탑이나 프레야 여신상을 구경하는 것은 무료였고, 또 정당한 대우를 받지 못하고 고생하고 있다는 예술가들에 대한 기존의 동정 이론도 상당했던 것이나.

위드가 나타나기 전만 해도 조각사란 직업은 암울 그 자체였다. 어디서도 구박덩어리였고, 식당에서도 가장 싼 음식들만 먹거나 심지어는 거리에서 구걸을 하는 모습들을 흔히 볼 수 있었다.

애써 작품을 만들어도, 제대로 거래되는 시장이 마땅히 없었다.

 전투 계열 직업들은 그에 비하면 훨씬 편했던 것이 사실이기에, 입장료가 오른 것이 썩 마음에 들진 않지만 받아들여야 했다. 예술 회관에 더 좋은 작품들이 채워지게 되면 전투에도 크게 도움이 될 테니 화만 낼 일도 아니었다.

 그러한 고정관념을 이용하여 입장료를 늘려 착취의 기반을 더 단단하게 다진 위드!

 "역시 요금 인상은 과감하게 해야 돼. 1골드씩 깨작깨작 올려서야 언제 떼돈을 벌 수 있겠어."

 모라타 유저들의 레벨은 빠르게 오르고 있었다. 널린 게 사냥터라서, 중앙 대륙 출신이 아니더라도 레벨 100이 넘는 유저들이 금방 많아질 것이다.

 세금도 괜히 올리지 않다가 한꺼번에 올리면 더 욕을 먹는다. 잊힐 만할 때쯤이면 올려서 적응을 시켜야 되는 것이다.

한국 대학교의 2학기.
 바람이 쌀쌀해지고 캠퍼스에는 이른 첫눈이 내릴 무렵, 가상현실학과에서는 이례적으로 로열 로드를 만든 주식회사 유니콘 사의 견학 일정이 잡혔다.
 2박 3일.

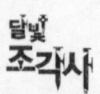

본사와 연구소를 방문해 보고 학교로 돌아오는 일정이었다.

모든 대학생들이 목표로 삼는 기업.

세계 최대의 수익을 내고 있는 창조적인 회사에서, 한국대학교와 다른 대학 세 곳의 가상현실학과 1학년들에게 견학을 허용한 것이다.

"2박 3일이나 가서 볼 수 있는 거야?"

"정말 어떻게 생긴 회사인지 너무 궁금하다."

보안을 위하여 언론의 취재도 허용하지 않을 정도였으니 학생들의 기대심은 커질 수밖에 없었다.

물론 견학 비용은 전액 로열 로드를 만든 유니콘 사에서 책임진다고 했다.

이현은 참 쓸데없는 일이라고 생각했다.

"그래 놓고 원서 쓰면 취직시켜 주지도 않을 거면서!"

초등학생들을 제철소에 데려가는 것보다도 훨씬 잔인한 일이었다. 막상 취업이 안 되면, 그저 회사 자랑에 불과한 것이 아니던가.

유니콘 사에서는 최고의 박사급 인재들, 그리고 경력이 있는 인재들 위주로만 채용했다. 가상현실학과 자체가 생긴 지 얼마 안 되다 보니 졸업을 한다고 해서 취직을 할 수 있을지는 아직은 모른다.

"이래 놓고 견학을 시켜 줬다고 뉴스에 내보내고, 일자리창출이니 뭐니… 말만 많겠지."

이현은 견학 일정에서 빠지고 싶었다.

2박 3일 동안 로열 로드를 하지 못하면 금전상의 손해가 크다.

북부에 있는 동안 크게 실감은 하지 못했지만, 베르사 대륙은 대격변기를 맞이하고 있었다. 모라타에 돌아와서도 영주로서의 업무를 비롯하여 밀린 일들이 많이 있었다.

그런데 견학 일정에 2박 3일간이나 따라가야 하다니!

'이건 노예야.'

이현은 강의가 끝나고 나서 번쩍 손을 들었다.

"이현 학생, 질문 있나요?"

수업 시간에는 한 번도 질문을 한 적이 없던 이현이었기에 주종훈 교수는 의외라는 듯이 물었다.

"집에 바쁜 일이 있어서 그러는데, 견학 일정을 빠져도 될까요?"

이현은 학회 일정이나 토론으로 수업이 길어지기만 하면 각종 이유를 대고 빨리 빠져나왔다.

예외도 한두 번이지, 이젠 상습범이라는 심증이 굳어진 상태!

교수는 잘라서 말했다.

"안 됩니다."

"제가 개인적인 사정으로 인해……."

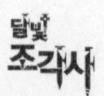

"견학도 수업입니다. 참석하지 않으면 방학 중에 보충 학습을 실시할 겁니다."

결국 어쩔 수 없이 견학에 참여하게 되고 만 이현이었다.

한국 대학교의 학생들이 타고 있는 버스가, 유니콘 본사가 있는 고층 빌딩 앞에 정차했다.

다른 대학교의 학생들은 먼저 와서 기다리고 있었다.

유니콘 사에서는 총인원 230명의 학생들에게 견학을 허가한 것이다.

이현은 버스에서 내려서 본사 건물을 올려다보았다.

'여기도 오랜만이군.'

명예의 전당에 올라갈 때에 왔던 이후로는 처음이었다.

조회 수에 따라서 홍보비를 받았지만, 그 돈은 통장으로 바로 들어왔다. 그래서 이현의 유니콘 사에 대한 인식은 아주 좋은 편이었다.

'칼같이, 입금 일자를 하루도 어겨 본 적이 없는 정직한 기업.'

돈 잘 주면 최고의 기업이었다.

홍보부 직원들을 따라서 학생들은 본사에 있는 여러 부서들을 돌아보았다.

회의를 하고 있거나 세계 각국의 지사들과 대화를 나누는 멋진 모습들.

게다가 직원들을 위한 시설!

휘트니스 센터, 수영장, 영화관이나 음악 감상실, 캡슐 룸은 기본이었다.

식당을 안내하던 홍보부 여직원이 설명했다.

"이곳에서는 전문 요리사가 신선한 재료들을 이용하여 직원들의 식사를 만듭니다."

호텔 수준의 구내식당까지 있었다.

"출산휴가는 있나요?"

여학생들이 질문을 했다. 아무래도 직장 생활을 하며 아이들을 키우는 문제가 여성들에게는 큰 애로 사항이었다.

"1년입니다. 명목상으로만 있는 휴가가 아니라, 규정상 출산을 하게 되면 1년간 유급휴가를 받게 됩니다."

출산휴가도 넉넉했고, 자녀의 대학 등록금까지 챙겨 주며, 1년에 연차는 40일을 쓸 수 있었다.

로열 로드에서 위드가 누렁이를 부려 먹는 근로조건과는 완전히 천지 차이였다.

최상준이 홍보부 여직원을 향해 물었다.

"저기… 유니콘 사의 신입 사원 연봉은 얼마나 됩니까?"

학생들의 시선이 일제히 예쁜 여직원을 향해 몰렸다.

"업무에 따라서 차이가 있네요. 구체적인 연봉은 회사 규정상 외부에 공개하지 않습니다. 단, 매년 상여금과 초과 이익금 배분을 해 주고 있습니다."

가장 중요한 연봉 문제는 말해 주지 않았다.

하지만 학생들은 뉴스를 통해서 유니콘 사의 신입 사원들이 받는 연봉이 엄청나다는 사실을 알고 있었다. 한 해 수익만 해도 천문학적인 기업이고, 직원들을 위해 이런 복리후생을 갖출 정도라면 돈도 많이 줄 것이다.

이현은 좀 더 확실한 근거까지 갖고 있었다.

명예의 전당에서의 계약 이후로, 유니콘 사에서는 명절 때마다 그에게 갈비 세트와 과일들을 보내 주었다. 낱개로 포장된 배, 백화점 영수증이 생생하게 붙어 있는 갈비 세트에서도 유니콘 사의 재력을 충분히 느끼고 있었던 것이다.

'돈이 얼마나 많았으면… 이 정도라면 회사 화장실에서도 엠보싱 화장지를 쓰지 않을까?'

정말 차별화된 세계적인 기업의, 직원들에 대한 배려라고 할 수 있다.

이현이 지난번에 만났던 장윤수 팀장은 홍보부 내에서도 중장기 프로젝트를 전담하고 있기 때문에 만날 수 없었다. 이현을 알아보는 직원도 없었다.

유니콘 본사의 구경은 당일로 끝!

다음 날은 공장과 연구소를 방문하는 일정이 잡혔다.

한국 대학교 학생들은 리조트 호텔로 가서 저녁 식사를 하고 숙박했다.

다음 날도 수학여행을 온 것처럼 정해진 일정에 따라서 직원의 설명과 함께 이동했다.

"이곳은 캡슐의 핵심 시스템을 만드는 공장입니다."

로봇들이 조립과 테스트를 동시에 했다. 팔과 기본적인 관절들만을 움직이는 것이 아니라, 걸어 다니면서 짐을 옮기고 설비들을 동작시켰다.

"각종 공정에 투입되는 로봇들은 유니콘의 산하 회사 노드에서 직접 제작됩니다."

노드.

청소용 로봇에서부터 맹인 안내용 로봇이나 공업용 로봇까지 다양하게 만드는 회사다.

회사의 규모는 당연하게도 어마어마한 수준!

대기업 2~3개를 합쳐 놓은 것보다도 매출액이 많고, 순이익 규모는 훨씬 높았다.

이현은 노드라는 회사에 강한 적개심을 가졌다.

'내 가장 강력한 경쟁자였어.'

공사판에서 일할 때에도 로봇들이 많이 참여했다. 무거운 자재 운반은 물론이고, 빌딩 창문 닦기와 같은 위험한 분야도 로봇으로 적극 대체된 것이다.

그런 노드 사조차도 유니콘의 자회사에 불과할 뿐. 매달 막대한 현금 수익을 거두는 유니콘에 비하면 약소한 수준이다.

사실 9년 전 유니콘 사에서 인수한 이후에 로열 로드가 출시되기 전까지, 노드 사에서는 그렇게 많은 돈을 벌어들이지는 못했다. 유니콘 사의 첨단 제어 기술력이 결합되었기에 지금의 발전도 있다고 봐야 한다.

현재는 신소재나 전자, 중공업, 화학, 유통 그리고 금융에도 손을 뻗치고 있는 기업이 유니콘이었다.

완벽한 가상현실을 기반으로, 공격적인 확장으로 모든 것을 집어삼키고 있는 기업 제국.

이현은 그저 한숨만 나올 뿐이었다.

"결국 회사 자랑이나 하려고 불렀던 거지. 이런 식으로 내 아까운 2박 3일이 날아가 버리다니."

견학을 따라다니는 동안 사냥을 못 하니 일당을 날리는 것과 같은 셈이 아닌가.

유니콘 사의 홍보부 직원들은 열심히 상세하게 안내를 했지만, 그저 다 자기 자랑으로밖에 보이지 않을 뿐이었다.

공장과 연구소는 가까운 곳에 붙어 있었다.

연구원들에게는 바다가 보이는 빌라가 숙소로 지급된다는 이야기를 들으며 걸어서 이동한 연구소 또한 본사 못지않은 각종 편의 시설들에 규모만 조금 작을 뿐이었다.

"와……."

"정말 이런 곳에서 일해 봤으면 좋겠다."

감탄밖에 나오지 않는 시설이었다.

주차장에 즐비한 고급 차들만 봐도 연구자들의 수준을 대충 짐작할 수 있게 했다.

"연구소의 내부는, 아쉽지만 공개되어 있지 않아서 들어가 볼 수 없겠네요."

본사 직원들조차 연구소의 시설 내로 들어갈 수는 없다고 한다.

둘째 날의 일정도 모두 종료.

"오늘은 유니콘 타운의 호텔에서 숙박을 하게 됩니다. 저녁 식사 후에는 편하게 자유 시간을 가지시면 됩니다."

수학여행을 갔을 때처럼 설레는 분위기였다.

"체운대와 십이 대 십이로 미팅할 남자들 모여!"

"여자들은 다른 학교의 남학생들과 만남의 장을 마련하게 되니 모두 남아 주세요."

한국 대학교와 다른 학교의 과 대표들끼리 미팅 계획을 진행했다.

이현은 그저 귀찮았으므로 일찍 자기 위해 호텔로 들어갔다.

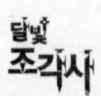

다음 날 이른 새벽.

이현은 버릇처럼 일찍 일어나서 운동을 개시했다.

"공기가 나쁘지 않군."

나무가 많은 지역이라 그런지 아침 공기가 상쾌했다.

연구원들이나 직원들도 아침 운동을 위해 나와서 체조 등으로 몸을 푸는 것이 보였다. 외국 출신의 과학자들도 많이 돌아다니고 있는 모습이었다.

이현이 가볍게 호텔 주변의 산책로를 달리고 있을 때, 멀리서 할아버지가 혼자 벤치에 멍하니 앉아 있는 것이 보였다.

이현은 할아버지에게 다가갔다.

"지금 뭐 하세요?"

"가던 길 계속 가게."

"할아버지가 심심해 보여서요. 새벽부터 누구 기다리세요?"

"너 따위와 할 말 없으니, 내게 말 걸지 말라고."

이현은 노인들을 많이 겪어 보았다. 나이와 고집이 비례하는 것처럼, 자존심 때문에 곧이곧대로 말을 못 한다.

"전 아침 운동을 하려던 참이었는데, 잠깐 놀아 드릴까요?"

"허튼소리 하지 말고 사라져."

"무슨 기분 나쁜 일이라도 있으세요?"

"앉지 마."

이현은 벤치의 옆자리에 앉았다.

권위적이고 냉정하기 짝이 없는 할아버지에게서 쓸쓸함을 느껴서, 잠시나마 말벗을 해 주기로 한 것이다.

그리고 둘은 한동안 말이 없었다.

'자식이 없나? 외로워 보이는 할아버지로군.'

'이놈을 어떻게 가게 하지?'

둘은 다른 생각을 하며 앉아 있었다.

할아버지의 입장에서는 자신이 먼저 앉은 자리다. 한참이나 어린 이현 때문에 피하고 싶지 않았다.

나무에 잎이 몇 개 남지 않았다. 그나마도 낙엽이 되어 떨어지고 있었고, 그 광경을 오랫동안 보고 있었던 것이다.

세상의 인간들을 조롱하며, 자신만의 성을 쌓으면서 살아온 천재 과학자 유병준이 할아버지의 정체!

그는 여신 베르사를 통해 이현의 얼굴을 알았다. 벤치에 앉기 전부터 알고 있었지만, 알은척은 하지 않았다.

유병준의 입장에서는 회사에서 어쩌다 우연히 만나게 된 수많은 유저들 중의 하나일 뿐이었다. 스스로는 모르고 있겠지만, 유병준의 목표를 이루기 위한 말 중의 하나에 불과할 뿐.

참다 참다 결국 유병준이 먼저 말문을 열었다.

"인생이 무엇일까?"

유병준이 입고 있는 옷은 연구소에서 일하는 사람들에게 지급되는 평범한 복장이었다. 연구소에 있는 인원은 워낙 많

았고, 그의 정체를 아는 유니콘의 중역이나 과학자는 극소수였다.

이현은 유병준의 정체를 상상도 하지 못하고 있을 것이다. 그렇기에 오히려 편하게 이야기를 들어 볼 기회라고 생각하고 질문을 한 것이다.

이현은 할아버지의 말벗이 되어 주기 위해서 무언가 심오한 대답을 떠올리려고 했다.

유병준은 그 사실을 깨닫고는 말했다.

"편하게, 그냥 떠오르는 것을 바로 말해."

이현은 아주 단순하게 대답했다.

"몰라요. 그냥 사는 거죠."

"……."

"돈 벌고, 먹고사는 게 인생이잖아요."

이현에게 우문현답을 기대할 수는 없었다. 정말 단순명료하기 짝이 없는 답변이었다.

"낙엽이 떨어지는 가을이나 눈이 내리는 추운 겨울에는 가슴이 텅 빈 것 같은 감정을 느껴 본 적이 없는가?"

"가을이나 겨울에는 그냥 추운 거죠. 옷을 두껍게 입어야 돼요. 내복도 입으면 좋고."

"젊은 놈들은 패션 때문에 내복을 안 입는다던데."

"그냥 따뜻하게 사는 게 최고죠."

"살면서 가장 중요한 것이 뭐라고 생각하는가?"

이현은 두 번 생각해 볼 필요도 없다는 듯이 말했다.

"돈요."

"돈이라면… 명예나 친구, 가족은 중요하지 않단 말인가?"

"남들이 나를 치켜세워 주는 명예가 뭐가 중요한데요? 돈이 많아야 친구를 만나고 가족들을 돌볼 수 있잖아요. 돈이 없으면 할 수 없는 게, 그저 바라만 보아야 되는 게 너무 많아요. 가족은 이미 있는 거지만, 지키기 위해서라도 돈은 계속 모아야 되니까요."

유병준은 고개를 천천히 끄덕였다.

'역시 돈밖에 모르는 놈이군.'

더 이상 딱히 할 말이 없었기에 입을 다물었다. 이현도 그저 벤치에 계속 앉아 있었다.

슬슬 돌아다니는 사람들이 많아져 간다.

별다른 이야기를 나누지는 못했지만 아침 식사를 놓칠 수 없었기에 이현은 벤치에서 일어났다.

"추운데, 할아버지도 빨리 들어가세요."

"내 신경은 쓰지 말고 갈 길이나 가."

호텔로 몇 걸음 옮기던 이현이, 측은지심이 들었던지 돌아보았다.

"여기, 따뜻한 코코아라도 뽑아 드세요."

그러고는 200원을 꺼내서 유병준의 손에 쥐여 주었다.

유병준은 태어나서 이런 대접은 처음 받아 봤기 때문에 가

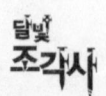

만히 있었다.

한국 대학교의 학생들이 견학을 오는 일정에 대해서 몰랐고, 또 그중에 이현이 섞여 있을 줄도 알지 못했다. 새벽 일찍 일어나서 산책을 하지 않았다면 서로 만날 일은 없었을 것이다.

"허허… 정말 어이가 없군."

유니콘을 배후에서 일구어 내면서 수십 년간이나 숨어서 살아왔다. 유병준의 앙상한 체격은 다분히 동정심이 갈 만한 모습이었지만, 겉으로 흐르는 차가움이 다른 사람들을 가까이 오지 않게 만들었다. 그에 대해 아는 과학자나 유니콘의 중역들은 그가 무서워서 함부로 얼굴도 쳐다보지 못한다.

하지만 이현은 그냥 불쌍한 노인을 대하듯이 동전을 주고 간 것이다.

'자판기에서 무언가를 꺼내서 마셔 본 게 20년도 넘었나.'

유병준은 불현듯이 코코아를 마시고 싶었다. 그리고 자판기를 보았다.

코코아의 가격은 300원이었다.

2박 3일의 견학을 마치고 집으로 돌아온 이현!

"이제 주말이로군."

입가에는 산뜻한 미소가 그려졌다.
 청소와 빨래를 하고 반찬을 만들어 놓은 후에 컴퓨터를 켰다.

 농성을 하던 유레파 길드의 최후

 탐욕. 그들의 진군은 어디까지인가

 전쟁의 소용돌이에 휘말려 버린 중앙 대륙. 끊이지 않는 분쟁들이 새로운 전설을 만든다

 로열 로드와 관련된 각종 특집 프로그램이 생방송으로 진행되고 있었다.
 "중앙 대륙에 전쟁이 엄청난 규모로 벌어지고 있나 보군."
 명예의 전당에도 퀘스트나 사냥, 혹은 풍경에 대한 동영상이 아니라 거의 전부가 전쟁에 관한 것들만 올라왔다.
 이현은 몇 개의 동영상을 짧게 틀어 보았다.
 대군이 물밀듯이 요새를 향해 진격하고, 바퀴를 굴리면서 공성 무기들이 접근한다. 이에 요새에서는 마법과 화살로 극렬하게 저항한다.
 영웅적인 저항으로 격퇴시키기도 했지만, 대부분은 침략 길드에 의하여 함락당했다.

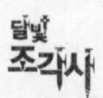

승산이 없다면 애초에 쳐들어오지도 않기 때문이다. 그리고 오랫동안 준비를 한 덕분이었다.

-전쟁을 피하려면 어디로 가야 하나요?

-몰드룬 지역의 상인들은 모두 조심하세요. 보급이 끊긴 성주의 군대가 상인들의 운송 행렬까지 약탈하고 있습니다.

-던전들에 대한 지배권 강화. 중앙 대륙에서 던전 입장료가 오르고 있네요.

-모르셨어요? 벌써 2배나 껑충 뛰었습니다.

게시판도 전쟁 소식들로 난리였다.

병사를 모으는 글들도 많았다.

-전투와 승리를 원하는 이들이여, 베인 길드로 오라! 능력에 맞는 대우를 보장합니다.

-아직 소속이 없는 분들 우대합니다. 고레벨 유저에게는 길드 가입 시에 장비도 맞춰 드림.

중앙 대륙에서는 병장기의 거래 가격이 2배 가까이 폭등하고, 다른 전쟁 물자들의 가격도 천정부지로 뛰고 있었다.

무기류를 교역하는 상인들에게는 황금 시장이 열렸다. 내장장이와 재봉사 들에게도 그야말로 천국이었다.

하지만 역으로, 상인들의 운송 행렬이 길드들에 털려서 재료가 조달되지 않는 경우도 많다고 한다.

이현은 다크 게이머 연합으로 접속해 보았다.

의뢰 게시판에는 전투에 도움이 될 만한 용병들을 구한다는 글로 가득했다. 정보 게시판에도, 각 지역의 전투 상황이나 길드별 전력에 대해 밝혀진 정보들이 빼곡했다.

 중앙 대륙의 성과 마을, 요새 등을 차지하고 있는 길드들은 굉장히 많다. 명문 길드들이 워낙 강성하다고는 하나, 소위 말하는 풀뿌리 길드들도 숫자가 엄청나다.

 각 길드마다 최소 1~2명씩은 내놓을 만한 고레벨 유저들이 있었고, 길드의 크기는 작아도 고레벨들로만 이루어진 곳도 있다.

 길드들이 뭉쳐서 저항을 하고, 성과 마을을 가지고 있지 않은 길드들도 전투에 참여하면서 전쟁의 규모는 걷잡을 수 없이 커지고 있는 모습이었다.

제목 : 중앙 대륙에서 벌어지는 전쟁의 결말은?

제목 : 각 길드들의 우호 관계

제목 : 극비 정보. 하벤 왕국의 전쟁은 끝나지 않았다

 읽어 볼 만한 글들이 여럿 있었지만, 이현은 자신과 당장 관련이 있다고 여기지는 않았다.
 "아이템 가격도 뛰고 있으니 이 기회에 돈이나 실컷 벌어 놔야겠군."

용병을 구하는 글들은 많았지만 지원자들은 많지 않았다.

다크 게이머들은 이 틈을 이용하여 알려지지 않은 던전 탐험이나 사냥에 열을 올렸다.

이런 상황에 섣불리 전쟁에 끼어들어 봤자, 허무하게 죽어 버리거나 믿었던 길드에 배신을 당할 수도 있다. 그러나 레벨이나 스킬 그리고 장비는 그야말로 그들의 믿음직한 재산이기 때문이다.

이현을 용병으로 원하는 사람들도 많았지만, 그들에게 이용당하고 싶진 않았기에 관심 밖이었다.

"이제 데브카르트 대산으로 가야겠군."

자연 조각품

데브카르트 대산!

북부 몬스터의 2할 정도가 번식하여 위험한 몬스터들이 많은 회색 산맥에 있는 커다란 산이다.

숙련된 레인저가 아니라면 나무로 울창한 산을 탐험하는 것은 자살행위에 가까웠다. 경사도가 가파를 뿐만 아니라, 몬스터들이 기습 공격을 할 수도 있기 때문이다.

위드는 와이번을 타고 크게 한 바퀴를 돌았다.

"정말 엄청 큰 산이군."

오크들과 다크 엘프들을 지휘하면서 싸웠던 유로키나 산맥이 떠오를 정도로 독보적으로 큰 산이었다.

"조각사 데이크람이 이 아래 어딘가에 있을 텐데!"

일단 나무로 집을 지어서 살 거라는 기대는 하지 않았다.

"철저한 자연보호주의자이니만큼 나무 집은 아닐 거야."

조각사이니만큼 돌이나 광물을 다룰 수 있는 능력도 뛰어날 것이다. 하지만 그런 집을 지었을 것 같지도 않다.

"보나 마나 어딘가에서 궁상을 떨고 있겠지!"

위드는 틀림없이 그가 산속에서 궁핍하게 살고 있을 것이라고 확신했다.

"퀘스트 정보 창!"

일단 정보 창을 열어 퀘스트가 남아 있는 시간을 확인해 보았다.

바르칸의 호출
언데드의 군주 바르칸 데모프가 부른다.
뭇 언데드는 그 명을 반드시 따라야 할 것이다.
남은 날짜 '84일'.
난이도 : C
보상 : 바르칸을 만나는 대로 연계 퀘스트의 시작

지금은 언데드가 아니라서 퀘스트를 취소할 수도 있다.

어차피 이 의뢰는 조각 변신술로 얻은 리치 샤이어에게만 부여되는 특별한 의뢰. 서두를 필요는 없었기에 상황을 두고 봐서 유리한 쪽으로 선택하기로 한 것.

그때까지 사냥을 하는 대신에 대재앙의 자연 조각술을 배

우리 온 것이다.

"어느 쪽에 있을까."

위드는 본능을 따라가 보기로 했다. 산의 아래쪽은 왠지 아닐 것 같다.

"그건 전혀 폼이 나지 않는 장소야!"

산으로 간다고 했으면 적어도 중턱!

"아파트도 중간층 이상을 로열층으로 보니까."

자연을 좋아하는 조각사다. 전망이 확 트인 장소로 갔을 가능성이 높았다.

"물을 구해야 하니 계곡이나 옹달샘이 있는 근처가 좋겠지."

위드는 와이번과 함께 산에 근접해서 낮게 날았다.

산이 워낙 커서 높은 나무도 많고 가지들도 울창했다.

긴꼬리원숭잇과에 속하는 쟈몰리타를 비롯한 여러 몬스터들이 고함을 지르고 몽둥이를 휘둘렀지만 닿지 않았다.

위드도 구태여 그들을 사냥하려고 하진 않았다.

긴 팔을 이용해서 나뭇가지와 넝쿨을 타고 돌아다니기 때문에 도망치는 것을 잡기가 어렵다. 그리고 사냥을 해도 나오는 아이템이 바나나, 밤, 이런 열매류뿐일 경우가 많았다.

가끔 특이한 금속이나 아이템을 몸에 걸치고 있는 경우도 있었지만 그 확률이 지극히 낮아 그리 잡을 만한 몬스터는 아니었다.

"이곳은 아니야. 조각사의 입장에서 시끄럽고 성가신 몬스터는 피하려고 했을 거야. 조각품을 만들다가 방해를 받을 수도 있을 테니 조용한 곳으로 갔겠지."

위드는 몬스터들이 있는 장소 근처는 제외하고, 사람이 살기 힘든 암벽 지대도 지나쳤다.

데브카르트 대산은 엄청나게 거대한 산이었지만 여러 기준으로 지역을 제한하니 데이크람이 있을 법한 장소는 훨씬 줄어들었다. 하지만 그렇다고 해도 나뭇잎 사이로 가려진 숲 속을 일일이 헤매다 보면 찾는 데 시간이 제법 걸릴 수 있다.

그래서 위드가 택한 방법!

"황금새, 은새 그리고 와이번들."

끼야아아악!

위드를 따라온 황금새와 은새, 와이번들. 그들이 오랜만의 부름에 울부짖었다.

"이제부터 너희가 찾아라!"

귀찮은 일은 부하들에게 떠넘기기.

"해 질 때까지 못 찾으면 밤새도록 헤매야 되니 어서 찾아!"

부하들은 다그칠수록 성과를 내오기 마련이다.

와이번들과 황금새, 은새가 데브카르트 대산으로 쭉 흩어졌다. 그리고 황금새가 30분 만에 결과물을 가져왔다.

제대로 구타를 당한 이후로 일 처리 능력이 좋아진 모습이었다.

"큰 나무 근처에 인간이 살고 있다."

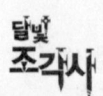

"데이크람이 맞아?"

"근처에 조각품들이 있다. 매우 훌륭한 조각품이다."

"맞겠군. 가자!"

위드는 와이번들을 다시 모아서, 인간이 발견된 장소로 향했다.

데브카르트 대산은 사냥꾼이나 레인저도 잘 오지 않는 험한 장소였다. 몬스터들도 많고 지형이 험할뿐더러, 회색 산맥의 깊은 곳이라서 유저들도 이곳까지는 오지 못했다.

"저 집이군!"

하늘에서 내려다보이는 나뭇잎 사이로 데이크람이 살고 있는 집이 보였다.

자잘한 나뭇가지들을 엮어서 만든 집.

지붕에는 마른풀들을 뭉쳐 놓고, 넝쿨과 넓은 잎사귀가 자라나서 덮여 있었다.

동화처럼 정겨운 전원주택이 아니라, 심할 정도로 없어 보이는 초가집.

위드는 멀찌감치 떨어진 곳에서 와이번에서 내려 집으로 걸어갔다.

"살아 있을까? 이미 죽었으면 헬리움이 내 것이 될 텐데……."

조각술 마스터를 만난다는 기대감!

베르사 대륙의 시간이 한참이나 흘렀을 테니 데이크람은

죽어서 없을 수도 있다. 미스릴로 만든 강림하는 일곱 천사 상처럼, 조각품만 남기고 죽었을 수도 있지 않은가.

'몬스터도 꽤 많은 산이니까. 죽었다고 해도 의심스러울 것이 없어.'

조각술의 비기도 익히기 쉽게, 후인을 위해서 남겨 놓았다면 더 바랄 나위가 없으리라.

위드는 기대를 잔뜩 품은 채로 초가집에 갔다.

흰 수염을 기른 노인이 집 근처에서 사슴의 뿔을 조각하고 있었다. 살아 있는 수사슴이 자신의 뿔을 조각해 주도록 머리를 내밀고 얌전히 서 있는 것이다.

뿔을 조각하는 정교한 모습에서 뛰어난 실력이 느껴졌다.

위드는 그를 보는 순간 데이크람이라는 사실을 알았다. 입고 있는 옷부터 지독하게 없어 보였기 때문이다.

'저 옷을 입고 잡템을 판다면 분명히 도움이 되겠군. 요리를 할 때는 쓰지 못하겠지만.'

너무 더러운 옷을 입고 있으면 위생상 요리에 악영향을 미치게 된다. 데이크람은 족히 5년쯤은 비바람에 시달린 것 같은 천 쪼가리를 입고 있었던 것이다.

데이크람이 위드를 보지도 않고 말했다.

"나를 찾아온 조각사인가?"

위드는 정중하게 말했다.

"아직 미흡한 부분이 많지만 뜻한 바가 있어 조각사의 길

을 걷고 있는 후배입니다. 지골라스에서 선배님께서 남겨 놓은 글귀를 보고 이곳까지 오게 되었습니다. 무척 먼 길이었지만 이렇게 선배님의 정정한 모습을 보게 되니 감격스럽습니다."

의도하지 않아도 무의식적으로 입이 아부를 하는 경지.

"그렇군. 산속에 틀어박혀 내 기술을 배울 조각사가 찾아오기를 기다리고 있었지. 자네는 조각술이 무엇이라고 생각하는가?"

"조각술은······."

떠오르는 아부의 말들이 너무 많아서 순간적으로 정리를 하기가 버거웠다.

생고생과 함께 스킬 레벨을 올리며 했던 욕과 푸념이 수만 마디는 될 테지만, 그렇게 솔직하게 말할 수는 없다. 데이크람에게 맞는 대답을 해야 한다.

"자연을 그대로 아름답게 보여 주는 것입니다."

사실 따지고 보면 자연만큼 아름다운 조각품도 없다.

데이크람이 맞혔다는 듯이 고개를 끄덕였다.

"조각술은 흙과 물, 바람, 이 모든 것들에서 아름다움을 이끌어 내는 예술이지. 자연은 때때로 난폭해진다네. 그런 난폭함마저도 아름다운 것이 자연이야."

"물론입니다. 저는 그런 난폭한 모습까지도 완전히 좋아합니다."

위드는 그 말에 적극 공감할 수 있었다.

빙설의 폭풍이나 화산 폭발, 지진 등을 직접 몸으로 겪지 않았던가!

자신이 당하지만 않으면 정말 아름다운 것이 자연이었다.

"내 기술은 그런 자연의 무자비한 난폭함을 이끌어 낼 수 있지. 그래도 나의 조각술을 배우고 싶은가?"

"물론입니다. 조각술을 더 높은 경지로 이끌기 위해서 필요하다고 생각합니다."

이제 대재앙의 자연 조각술을 배울 수 있다는 기대감!

빙설의 폭풍을 만들어서 몬스터들을 쓸어버리고 경험치와 아이템을 잔뜩 챙기는 것이야말로 진정 바라던 조각사의 모습이 아니던가.

대규모 공격 기술.

실제로 대재앙의 자연 조각술은 자연과의 친화력이나 마나 소모 등 여러 가지로 제약이 있을 것이다. 정말 빙설의 폭풍 정도의 파괴력과 범위라면 그것도 사냥에 쉽게 이용하기는 어려울 수도 있다.

하지만 그런 것은 어디까지나 일단 사용해 봐야 아는 것!

스킬을 익혀 놓고 난 후에나 지형이나 몬스터에 따라서 고민할 문제였다.

"그런데 자네는 아직 자연의 아름다움에 대해서 눈을 뜨지 못했군."

"제 실력이 아직 부족한가요?"

위드가 내내 껄끄럽던 부분이, 자연 조각술이 아직 초급 3레벨에 머무르고 있다는 점이었다. 대재앙의 자연 조각술이라면 아무래도 한 등급 위의 스킬일 텐데 자연 조각술의 경지가 어느 정도는 되어야 하지 않겠는가.

"자연의 진실된 힘을 깨달아야 내 기술을 배울 수 있다네."

"깨달음을 얻기 위해서는 어떻게 해야 되겠습니까. 길을 알려 주십시오."

"자연을 소재로 한 조각품들을 많이 만들어 봐야겠지. 내 가르침을 받아 보겠는가?"

띠링!

데이크람의 가르침

조각술 마스터 데이크람과 같이 지내면서 자연 조각품을 만들자.
그는 조각품을 만드는 것을 도와줄 것이다.
난이도 : 알 수 없음
퀘스트 제한 : 조각사 전용 퀘스트
보상 : 없음

이런 퀘스트를 거절한다는 것은 무모한 짓!

네 가지 조각술의 비기를 터득하고, 마지막 남아 있는 한 가지였다.

다론으로부터 조각 변신술을 배울 때에도 그의 곁에 머물면서 여러 가지를 보고 익혔다.

"위대한 조각술 마스터 데이크람 님의 가르침을 받아 보기를 원합니다."

-퀘스트를 수락하셨습니다.

"그러면 바로 시작해 보세."

자연의 조각품이라고 해서 거창한 것은 아니었다. 바람에 떨어진 나뭇잎과 꽃잎 등을 이용하여 조각품을 만드는 것이었다.

자연의 부산물들을 이용하여 만드는 작품!

자연 조각술은 대지의 넘치는 생명력을 끌어올 수 있기 때문에 꽃잎들이 금방 말라 버리거나 썩지는 않았다.

위드와 데이크람이 만든 작품에는 벌과 나비 들이 날아들었다.

-자연의 조각품을 만들어서 친화력이 2 증가합니다.

첫 시도치고는 성공적인 작품이었다.

마른 나뭇가지들을 모아서 새들의 둥지를 만들어 주고, 메마른 대지에 옹달샘을 파니 짐승들이 먹으러 왔다.

―자연의 조각품을 만들어서 친화력이 4 증가합니다.
데브카르트 대산의 짐승들과의 친밀도가 향상됩니다.

 자연과 더불어서 사는 데이크람은 짐승들과도 아주 친했다. 수사슴들이 뿔을 다듬어 달라고 놀러 올 정도였다.
 위드도 사슴과 금방 친해졌다.
 "참 멋지게 생겼구나. 이렇게 튼실한 뿔은 처음 본다."
 '맛있게 생겼군. 이 잘 자란 뿔은 가져다 팔면 수백 골드는 족히 받겠어!'
 데이크람만 없었더라면 뿔을 잘라 가는 것은 물론 가죽과 고기까지 챙겼을 것!
 '불을 피워서 통째로 구우면 맑은 기름이 뚝뚝 떨어질 텐데. 거기에 간단히 소금 간만 해서…….'
 데이크람은 고기도 먹지 않았다.
 땅에 떨어진 나무의 열매나 풀과 나무껍질을 먹으면서 생활했다.
 "사연은 자신을 해치지 않는 사람을 좋아한다네."
 장기인 요리 스킬을 발휘할 일은 없었지만, 토끼처럼 풀을 먹고 생활하면서 작품을 만들 때마다 자연과의 친화력을 더 얻을 수 있었다.

겨울이 다가옴에 따라서 한국 대학교의 2학기도 마지막으로 흘러가고 있었다.

"덧없는 등록금이여… 이렇게 너를 완전히 떠나보내는구나."

교수들의 열띤 강의에 과제들도 많아졌다.

1학년 때에는 이론 수업 위주로 강의가 진행되지만, 2학년부터는 첨단 가상현실 기자재들을 경험할 수 있다. 강의 내용의 수준이 오를수록 대학교에서 보내는 시간이 많아지리라.

이현은 그 부분도 못내 아쉬울 뿐이었다.

돈을 벌면서 학업을 함께한다는 건 정말 어려운 일이기 때문이다.

"에휴……."

이현이 늘어져라 한숨을 쉬고 있을 때, 그 옆자리에 앉은 서윤은 깊은 생각에 잠겨 있었다.

'겨울방학…….'

지금처럼 평일에 매일 이현을 만날 수는 없게 된다.

로열 로드에서도 위드가 데브카르트 대산으로 가 버려 만나지 못하고 떨어져 있어야 했다.

서윤은 정말 오랜 시간을 말없이 지내왔지만, 이현과 더

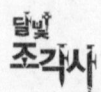

많은 시간을 같이 보내고 싶었다.
 그녀가 용기를 내서 종이에 글을 써서 보여 주었다.

방학하면 겨울 바다 보러 같이 갈래요?

 단둘이 떠나는 여행 제안으로, 서윤의 입장에서는 정말로 큰 용기를 낸 것이었다.
 다른 남자들이라면 꿈인지 현실인지 의심하면서 기쁨의 춤이라도 출 테지만 이현은 시큰둥했다.
 한여름에 가는 바다도 이해가 안 가는데, 뭐하러 굳이 겨울에 바다를 가겠는가.
 "추운데 집구석에 있는 편이 낫지 바다는 왜 가? 감기라도 덜컥 걸려서 건강보험 재정을 악화시킬 필요는 없잖아."
 "……."
 낭만이라고는 전혀 없는 남자의 태도!
 "여행 가면 다 돈이야. 여행지의 바가지가 얼마나 독한지 알기나 해?"
 돈. 돈. 돈. 돈.
 여행은 곧 돈이다.
 여름의 바닷가처럼 심하지는 않겠지만, 기본적으로 많은 돈이 든다.
 게다가 서윤의 아버지까지 만나 보고 온 이후이니 단둘이 여행을 떠날 생각도 들지 않았다.
 서윤이 괜찮다는 듯이 쪽지에 글을 썼다.

　　여행 비용은 제가 낼게요.

 이현은 고개를 저었다.
 "돈을 직접 벌어 본 적 있어?"
 서윤은 학생의 신분으로, 그리고 지금까지 어떤 종류의 일도 해 본 적이 없었다.

　　아니요.

 "세상에는 돈처럼 무서운 게 없어. 공포 영화보다, 매년 오르는 극장 관람비, 대중교통비가 훨씬 더 무서운 거야."
 "……."
 "직접 돈을 벌어 본 적이 없으니 그 가치를 모르겠지. 함부로 돈을 내겠다는 말은 하지 마."
 이현은 말을 하면서도 그저 부러울 뿐이었다.
 부잣집 자식!
 이거야말로 누구나 선망하는 훌륭한 가족 관계가 아니던가.
 어릴 때 이현은 신문 배달, 우유 배달 같은 아르바이트를 뼈 빠지게 해야 했지만, 부잣집 아이들은 그럴 필요가 없다.

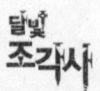

그저 전화만 한 통 하면 될 뿐이다.

엄마, 용돈 좀 주세요.
지난달에 5천만 원 넣어 주었잖니.
해외여행 가서 다 썼단 말이에요.
프랑스 갔던 걸 엄마가 잊고 있었구나. 비서한테 1억 보내라고 할게. 맛있는 거라도 사 먹으렴. 저녁 꼭 챙겨 먹고.

이현의 상상 속에 존재하는 부자들의 대화였다.
실제 드라마를 봐도 재벌 후계자나 부잣집 아들이 나와서 돈을 펑펑 쓰지 않던가. 그런 주인공들의 성격은 보통 개차반에, 여자관계가 복잡하고, 불량한 짓도 자주 저지른다.
물론 그들도 인간적인 고뇌 한두 가지쯤은 가지고 있었다. 부모님과의 관계가 나쁘다거나, 원하는 일이 잘되지 않았다거나 하는 정도의 고민거리.
하지만 그런 정도의 고민도 없이 사는 사람이 세상에 몇이나 되겠는가.
드라마의 후반에 가면 착한 일 몇 번 하고 대중의 사랑을 받는다.
결국 재벌 2세나 부잣집 자식은 절대 미워할 수 없는 존재!
일반인들이 했으면 욕을 수천 마디 얻어먹었을 짓도 그들이 저지르면 금방 용서되어 버리는 것이다.

서윤은 강의가 끝날 때까지 깊은 생각에 빠졌다.
'돈의 가치에 대해서 정말 모르고 있었구나.'
이현이 열심히 사는 모습을 보면서도 진지하게 생각해 본 적이 없었다.
이현의 상상처럼 그녀는 부동산이나 신탁 기금, 펀드, 주식 등을 많이 가지고 있었으므로 돈에 대해서 구애받으며 산 적이 없었던 것이다.
서윤은 반성하면서 쪽지에 글을 썼다.

제가 직접 일을 해서 돈을 벌어 볼게요. 그러면 같이 여행 갈래요?

이현은 어차피 안 될 거라고 생각했다.
'이제 곧 겨울방학인데.'
방학까지는 삼 주일도 남지 않았다.
"얼마 정도 모을 수 있는데?"

해 보지 않아서 아직....... 얼마 정도 모으면 돼요?

서윤이 눈을 반짝이며 그의 대답을 기다리고 있었다.
세상 물정을 모르는 그녀에게 따끔하게 쓴맛을 보여 주어야 하리라.

이현은 평범한 여행을 강조하며 말했다.

"바다는 남해나 제주도 쪽이 좋지. 그러면 일단 교통비로 최소한 45만 원 이상. 그리고 밥값으로 한 80만 원은 들 거 같고. 숙박도 할 거야?"

끼니때마다 회를 먹어도 밥값이 80만 원이 드는 경우는 없을 테지만 서윤은 고개를 끄덕였다. 이리저리 이동만 하다가 시간을 다 보내면 안 되니 밤에 와인도 한잔 마시면서 이야기를 하고 싶었다.

그녀가 아는 와인이란 원래 100만 원은 넘었으니까.

"호텔 숙박비가 50만 원이 넘을 거야. 방도 2개 잡아야 되고 기차에서 사이다에 계란도 까먹고, 기념품도 좀 사고 하려면 적어도 한 500만 원이나 600만 원 정도는 있어야 하지 않을까?"

이현은 절대 불가능한 금액을 말한 것이었다.

'겨울방학 내내 아르바이트를 해도 못 모으지.'

터무니없는 액수를 말했는데도 불구하고 서윤은 알았다는 듯이 고개를 끄덕였다.

이현이 다짐을 받기 위해 말했다.

"직접 노동을 해서 벌어야 돼. 은행 이자나 이런 건 순수하게 네 힘으로 번 돈이 아니니까."

알겠어요.

위드는 데브카르트 산에서 자연 조각품을 만들면서 20일을 보냈다.

"오랜만에 조각술에 집중을 하는군."

의뢰나 사냥을 하다 보면 정작 조각품을 만들 시간이 모자랐다. 환경에 구애받지 않는 자잘한 조각품들이야 만들 수 있지만, 조각술을 발전시킬 수 있는 명작이나 대작을 만들기 위해서는 차분한 장소와 시간이 필요한 것이다.

"이슬의 조각품!"

위드는 이른 새벽에 조각품을 만들었다.

조각술의 기본은 재료 채취.

바가지를 들고 쪼그려 앉아 풀잎에 내려앉은 이슬들을 모은 것이었다.

자연과의 친화력이 늘어나면서 물과 관련된 조각품의 범위가 넓어졌다. 위드가 만들어 낸 물의 정령은 자연의 조각품 중에서는 최초의 걸작이었다.

걸작! 이슬로 만든 물의 정령
만물과 자연을 조각할 수 있는 경지에 다다른 조각사의 작품.
맑은 이슬만을 모았다.
땅과 나무, 꽃의 향기가 섞여 있다.

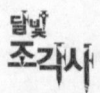

활발하게 뛰어노는 물의 정령을 조각한 것으로, 생동감 넘치는 표현에 있어서는 극찬을 받을 만하다.
베르사 대륙에 몇 되지 않는 자연의 조각품!
조각사가 타락해 있기 때문에 작품에도 나쁜 영향을 미쳤다.
예술적 가치 : 898
특수 옵션 : 이슬로 만든 물의 정령상을 바라본 이들은 생명력과 마나 회복 속도가 하루 동안 12% 증가한다.
  정령술사들이 물의 정령을 소환하는 데 필요한 마나를 줄여 줌.
  목마름을 오랫동안 해소시켜 준다.
다른 조각품과 중복 적용되지 않음.
지금까지 완성한 걸작의 숫자 : 89

-조각술 스킬의 숙련도가 향상되었습니다.

-손재주 스킬의 숙련도가 향상되었습니다.

-자연 조각술 스킬의 숙련도가 향상되었습니다.

-명성이 263 올랐습니다.

-체력이 1 상승하셨습니다.

-지력이 1 상승하셨습니다.

-예술 스탯이 8 상승하셨습니다.

- 걸작 자연의 조각품을 만들어서 자연과의 친화력이 9 증가합니다. 친화력이 증가하면 자연을 조각할 수 있는 범위와 영향력이 커집니다.

- 순수한 조각품을 만듦으로 인해서 죽은 자의 힘이 정화되어 6 감소합니다.

위드는 조각에만 전념하면서 여러 작품을 만들었다.

짐승들이나 특별한 식물들을 표현하면서 숙련도를 얻었다. 언데드로 활동하고 난 이후에 얻은 부작용이라고 할 수 있는 죽은 자의 힘 때문에 작품의 가치가 높지는 못했다. 하지만 긍정적인 부분으로, 조각품을 만들면서 자연의 힘에 정화되어 줄어들었다.

"죽은 자의 힘을 줄이는 건 신성력이 아니더라도 가능하군."

프레야 교단의 교황 후보 알베론에게 줄 돈이 줄어든다는 점에서 대단히 긍정적이었다.

"걸작의 조각품인데 아깝게 됐어."

물의 정령은 이슬을 모아 만든 조각품이다.

자연의 마나가 부여되어 있기 때문에 햇살이 비친다고 해서 금방 사라져 버리진 않으리라.

하지만 데브카르트 대산에 남겨 놓기에는 너무나도 아까운 조각품!

재료비가 들지 않았다고 해도, 이렇게 맑은 이슬을 모으는 일 자체가 굉장히 어려웠다.

"처음 만든 자연의 걸작 조각품이니 그냥 놔둘 수 없지."

조각술의 비기!

위드는 정령 창조 조각술을 쓰기로 결정했다.

물의 정령을 창조해 놓으면 그 이후로 소환해서 쓸 수 있을 뿐만 아니라 자연과의 친화력도 늘어나게 된다.

정령도 성장을 하니, 당장은 쓸모가 적더라도 나중에는 부려 먹을 일이 생길 터!

위드는 조각품을 향해 스킬을 시전했다.

"정령 창조!"

띠링!

―새로운 정령을 창조하셨습니다.
예술 스탯이 160 소모됩니다.

―조각술 스킬의 숙련도가 향상되었습니다.

―정령 창조 조각술의 스킬 레벨이 초급 6레벨이 되었습니다.
정령 창조 조각술의 숙련도는 새로운 정령을 창조하거나 기존의 정령들이 벌이는 활동에 따라서 증가합니다.

―자연과의 친화력이 75 증가합니다.

―명성이 440 올랐습니다.

―매력이 74 올랐습니다.

외모는 귀엽게 생긴 물의 정령이 사납게 으르렁거렸다.

"너 따위가 나를 만든 조각사이더냐! 감히 나를 이런 꼴로 만들다니, 죽을 각오는 했겠지?"

위드가 만든 조각품 중에서는 가장 버릇이 없었다.

마치 유치원도 땡땡이치고 말 안 듣는 꼬마 아이처럼 까불었다.

"감정!"

이름이 아직 정해지지 않음
물의 정령.
자연을 배우는 조각사에 의하여 탄생하였다.
창조되는 순간 나쁜 기운에 물들었다. 물의 정령답지 않게 인내심이 부족하고, 위아래를 잘 모른다.
정령계에서의 힘을 이 세계에서 71%까지 발휘할 수 있다.
상급 정령까지 활동 가능.
정령술사의 소환 등을 통한 지상계의 활동에 따라서 더 많은 정령들이 힘을 발휘할 수 있다.
특기 : 물의 방패, 정화된 물 제공, 남다른 지성

정령 자체는 성공적. 성격적인 면에 대해서는 전혀 걱정을 하지 않았다.

막 태어난 정령은 첫날 가장 많은 것을 배우는데, 대화로 얼마든지 고쳐 놓을 수 있었으니까.

"대화를 좀 나누어야겠군."

개성이나 존중을 완전히 무시한 대화 방식!

위드가 성자의 지팡이를 꺼내서 가볍게 들었다.

퍼버버버벅!

아프고, 빠르고, 효율적으로.

때린 곳을 다시 때리고, 아픈 곳을 골라서 때리고, 그만 때릴 것 같은 분위기를 풍기다가 다시 처음부터 때렸다.

"내가 말을 너무 막 한 것 같다. 정령으로 만들어 준 것은 고맙다."

퍽퍽퍽!

"아까 있었던 일은 사과를……."

퍽퍽퍽!

"주인님!"

물의 정령의 빠른 태도 변화가 있었다.

위드는 성자의 지팡이를 배낭에 집어넣으면서 중얼거렸다.

"역시 난 교육에도 소질이 있었어. 학교 선생님이 되었어도 잘했을 텐데."

본인의 생각에 충부히 갖췄다고 여기는 교육자로서의 자질!

위드가 초등학교 교장이 되지 않은 것이 천만다행이었다.

"네 이름은 물방울로 하자."

이슬로 만든 물의 정령이었기 때문에 물방울로 이름을 붙였다.

"이름을 주셔서 고맙습니다, 주인님."

날씬하고 귀엽게 생긴 물의 정령을 역소환하고 위드는 대장장이용 화로를 꺼냈다.

"금인이에게도 다시 생명을 부여해 주어야겠지."

되살릴 수 있을 것이라는 자신은 없었다.

그렇기에 차일피일 미루기는 했지만, 언젠가는 시도해 봐야 할 일.

데브카르트 대산에서 조각품만 만들면서 감각도 물이 올라 있는 상태였다.

"지금 해 보자."

데이크람은 어딘가로 가서 자연의 조각품을 만들고 있었다.

위드는 떨어진 나뭇가지들을 모아서 불을 피우고 화로를 달구었다. 그리고 지골라스에서 회수한 잔해와 모라타에서 구입한 금괴들을 넣었다.

금인이는 금덩이를 녹여서 만든 대작 조각품이었다.

"형틀을 짜도록 하고……."

흙으로 금인이의 몸에 맞춰 틀을 짜는 것은 매우 쉬운 일이었다. 예술의 도시 로디움에서 했던 세세한 기억들까지 남아 있지는 않지만, 금인이와 같이 다닌 시간들이 길었던 것이다.

틀에 금을 붓고, 충분히 식을 때까지 다른 조각품을 만들면서의 초조한 기다림!

작업을 하는 동안 골골거리던 금인이가 자꾸 떠올랐다.

"금인이처럼 말 잘 듣고 싹싹한 녀석도 없었는데. 부려 먹

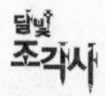

을 일거리들이 얼마나 많았는데…….."

형틀에 금을 붓고 기다린 지 한참이 지났다.

"이제 됐겠군."

형틀을 떼어 내고 나니 금인이의 외모를 한 조각상이 다시 만들어져 있었다.

위드의 기억력은 매우 정확한 편이었다. 금이 아까워서 키가 조금 작은 것까지 그대로였다.

'금으로 만들어서 다행이군. 나무나 바위에 생명을 부여했더라면 육체의 일부분을 모아서 원래의 몸을 갖지도 못했을 거야.'

위드는 눈이나 코, 입 등을 세심하게 손본 후에 스킬을 시전했다.

"조각품에 생명 부여!"

남아 있는 경험치가 얼마 없어서 레벨이 2개 떨어지고, 6개의 예술 스탯이 감소했다.

―조각 생명체의 육체의 일부를 사용하셨습니다. 물의 속성을 가지고 있던 생명체는 새로운 삶을 얻을 것입니다.
조각품에 대한 추억 스킬이 발동됩니다.
조각 생명체가 자신에 대한 기억을 되찾을 수 있지만, 확실하지는 않습니다.
다시 조각한 시점에서의 늘어난 예술 스탯과 조각술의 효과는 적용되지 않으며, 예전에 살아 있을 때보다 5%의 레벨이 줄어듭니다.

조각품에 생명이 부여되면 서서히 깨어나던 것과는 달리,

금인이는 바로 눈을 떴다.
 위드가 애타게 보고 있을 때, 금인이가 고개를 흔들더니 말했다.
 "이름을. 제 이름을 정해 주십시오."
 무미건조하고 딱딱한 말투!
 "결국 기억을 되찾지는 못한 것인가."
 정이 돈독하게 들었던 금인이와의 영원한 이별.
 "누렁이가 많이 슬퍼하겠군. 그리고 서윤도."
 금인이와 누렁이는 가족처럼 붙어 다녔고, 서윤도 많이 안타까워하고 눈물도 흘렸었다. 화령이나 다른 동료들도 금인이의 사망 소식을 슬퍼했을 정도다.
 "네 이름은 금인이라고 하자."
 "알겠습니다, 주인님."
 "편히 쉬고 있어."
 "예."
 위드가 다시 자연 조각품을 만들기 위해서 돌아서려고 할 때였다.
 멀리 나무 위에 와일이, 와둘이, 와삼이가 앉아 있었다. 그런데 금인이가 열심히 손을 흔드는 것이었다. 기분 좋은 울음을 터트리면서.
 "골골골!"
 위드가 물었다.

"너 금인이지?"
금인이가 손을 내리고 공손히 머리를 숙였다.
"조금 전에 제 이름을 그렇게 정해 주셨습니다, 주인님."
"조금 이상한데."
위드의 비범한 눈치는 금인이에게서 어색함을 느끼기에 충분했다.

대륙을 떠도는 조각사

서윤은 돈을 벌기 위해서 아르바이트 자리부터 구하기로 했다.

'취직이 쉽지 않다는데… 내가 어떤 일을 할 수 있을까?'

학교 때문에 시간을 쪼개서 할 수 있는 일 중 가장 쉽게 생각할 수 있는 편의점이나 빵 가게, 패스트푸드점 아르바이트는 일의 특성상 사람과 계속 접해야 한다. 조용하게 혼자서 지내왔던 그녀에게는 어려운 일이었다.

'사람들은 돈 때문에 더 열심히 살고, 바뀌기도 하겠구나.'

서윤은 강의를 마치고 난 다음 이력서를 작성해서 아르바이트생을 구한다는 레스토랑으로 갔다.

시급 5,300원!

매출에 따라서 소액이지만 인센티브도 지급된다고 한다.
서윤은 점장에게 이력서를 내밀었다.

 이름 : 정서윤
 나이 : 21
 경력 : 한국 대학교 2학년 재학
 특기 : 영어, 중국어, 일본어, 국제법학, 회계, 경영, 기업
    분석

절대로 레스토랑 이력서로 보이지 않는 특기들!
점장이 부드럽게 웃으면서 물었다.
"전에 레스토랑 서빙이나 그 비슷한 일을 해 본 적이 있어요?"
"없어요. 그러면 안 되나요?"
서윤의 목소리를 들으면서 점장은 50년 묵은 체증이 쑥 내려가는 것을 느꼈다.
'좋구나, 세상이란……'
어여쁜 여대생의 목소리가 천사처럼 착하고 고왔다.
조심스럽게 반문하는 그녀의 목소리를 들으니, 저절로 활력이 치솟고 입가에 미소가 그려지지 않는가.
"일은 오랫동안 할 수 있겠어요?"
학생이라서 가능하다면 겨울방학 내내 일을 해 주기를 바

라고 있었다.

"따로 해야 할 일이 있어서… 저녁에 일주일만 할 수 있을까요?"

면접을 보는 레스토랑은 꽤나 인기가 있는 곳이라서 경력직 위주로 뽑았다.

하지만 예외란 없을 수가 없다.

"오늘부터 일할 수 있겠어요?"

즉시 합격!

서윤은 그날부터 레스토랑의 입구에서 인사하는 일을 했다.

"어서 오세요."

"오래 기다려야 돼요? 헉!"

서윤은 그녀만의 세계를 나와서 세상으로 발을 내디뎠다. 오랫동안 닫혀 있던 시간을 벗어나서 가지게 된 호기심과 설렘.

"립 아이 스테이크랑 등심 스테이크 주세요."

"음료수는 필요하지 않으세요?"

"오렌지에이드와 사이다 주세요."

손님들은 식사가 나와도 서윤이 있는 출입문에서 시선을 떼지 못했다. 비싼 스테이크를 먹으면서도 맛을 느끼지 못할 정도였다.

'이쁘다. 이쁘다. 이쁘다. 이쁘다. 이쁘다.'

'아, 이쪽을 한 번만 봐 주었으면…….'

"타오르는 불꽃은 순식간에 사라져 버리지. 하지만 그 불꽃의 여운은 오래 남는다네. 불의 조각품을 만들어 보게."

위드는 데이크람의 지시에 따라 모닥불을 피워 불을 일으켰다.

"자연 조각술!"

위드가 손을 휘젓는 대로 불꽃이 춤을 춘다.

불의 지배자가 된 것처럼 멋진 광경이었지만, 속까지 멋있는 건 아니었다.

불을 가까이하니 땀이 줄줄 흐르고, 불길에 닿으면 생명력이 급격하게 하락했다.

불을 손으로 만지면서 조각한다는 건 화려하지만 매우 어려운 일.

"그래도 자연 조각술은 잘 늘어나는 편이군."

불을 만질 때마다 자연 조각술이 다소 빨리 늘어났다.

맷집과 인내력을 믿고 불로 화룡을 만들어 보기도 하고, 불타는 멧돼지도 조각했다.

자연과의 친화력에 따라서 불을 다루는 수준이 달라졌다. 그래서 친화력을 올리기 위해 바람의 정령도 창조해 냈다.

씽씽이!

바람의 정령은 소환하는 데 마나가 적게 들었다. 쾌활하고 나돌아 다니기를 좋아하는 성격을 가졌다.

위드는 끊임없이 작품을 만들면서 떨어진 예술 스탯을 복구하고 스킬 숙련도를 올렸다.

죽은 자의 힘은 어느덧 190 이하로 감소했다.

"퀘스트 정보 창!"

바르칸의 호출
언데드의 군주 바르칸 데모프가 부른다.
뭇 언데드는 그 명을 반드시 따라야 할 것이다.
남은 날짜 '46일'.
난이도 : C
보상 : 바르칸을 만나는 대로 연계 퀘스트의 시작

시간이 얼마 남지 않았지만 위드는 로열 로드에서 자연 조각품을 만드는 데 집중했다.

자연의 조각품이란 막연히 노동의 양을 늘린다고 해서 잘 되는 것은 아니다.

위드가 있는 데브카르트 대신은 나무들과 새, 푸른 하늘이 있었다. 멀리에는 호수와 강줄기도 보였다. 천혜의 자연환경이었고, 회색 산맥으로 접어들면 언제든 산의 웅장함을 볼 수 있다.

"자연의 힘을 다룬 조각품이라……."

위드는 고생하면서 모험했던 장소들을 떠올렸다.

북부에서는 추워서 고생을 했고, 동부 유로키나 산맥에서는 오크로 변해서 마음껏 뛰어다녔다. 한 장소에 오랫동안 머무르면서 사냥을 하지는 않았다.
　자연의 많은 부분을 경험한 것들이 조각품을 만드는 데 도움이 됐다.
　물과 바람, 땅, 구름, 얼음, 풀, 꽃.
　지금까지의 기억들을 더듬어서 작품으로 만들었다.
　식물들이 바위를 타고 자란 것도 자연의 조각품. 계곡 사이를 흐르는 세찬 물줄기도 조각품이 될 수 있다.
　데브카르트 대산에서 자연의 힘을 이용하여 조각품들을 대량으로 만들었다.
　데이크람이 조언을 했다.
　"재료만 바꾸어서는 안 돼. 자연을 있는 그대로 조각해야 하네."
　소재만이 아니라 작품까지 이어지는 고민들.
　그럴수록 더 많은 것들을 만들어 보려고 애썼다. 몸을 움직이면서 생각을 하는 그만의 방식이었다.
　낙엽을 모아서 나무를 만들어 보고, 산불로 인해 타 버린 곳에 나무들을 심기도 했다.
　자연의 복원가가 될수록 스킬 숙련도가 빨리 늘었다.
　그러던 어느 날, 데이크람이 그를 불러서 말했다.
　"자연 조각술의 기초는 충분히 가르친 것 같군. 조각술이

란 스스로 일깨워 가는 것이니 더 이상은 배울 필요가 없을 거야."

띠링!

> **데이크람의 가르침 완료**
> 조각술 마스터 데이크람은 후배 조각사에 대한 교육을 마쳤다.
> 그는 매우 뛰어난 조각사 후배를 받아들였다고 생각하고 가르침을 베풀었지만 적지 않게 실망했다.
> "대륙의 조각술이 참으로 암울하군. 인재들이 조각술을 버린 게야."

> -데이크람의 가르침을 제대로 받아들이지 못해서 명성이 580 감소합니다.

데이크람은 초반에만 몇 마디 던져 주었을 뿐, 옆에서 지켜보면서 사사건건 간섭하는 부류는 아니었다.

방치해 두고 자유롭게 상상력을 발휘할 수 있도록 내버려 두는 교육자!

주입식 교육에 익숙한 위드에게는 영 적응이 안 되는 스승이었다.

자연과 친숙해져야 한다니, 절대로 익숙한 삶의 방식이 아니었기 때문이다.

처음에는 정말 무능한 수준이었는데, 그나마 나중에는 자연의 힘이 작용하는 장면들을 떠올리면서 스킬 숙련도를 많이 올릴 수 있었다.

현재 자연 조각술은 중급 2레벨!

위드는 일단 친밀도를 위하여 정중하게 고개를 숙여서 인사를 했다.

"스승님에게 많은 것을 배웠습니다."

데이크람이 말했다.

"어디 가서 나에게 배웠다는 말은 하지 말게. 창피하니까."

"…알겠습니다. 그러면 이제 대재앙의 자연 조각술을 가르쳐 주시지요."

"자연의 진실된 힘을 깨달았는가?"

"아직은 깨닫지 못했습니다. 하지만 시간을 더 주신다면 깨달을 수 있을 것입니다."

"이것을 받게. 자연에 대해서 깨닫게 되면 내 기술을 익힐 수 있을 것이네."

―데이크람의 목조품을 획득하셨습니다.

목조품을 얻었으니 스킬의 레벨이 올라가게 되면 자연스럽게 데이크람의 비기도 터득할 수 있게 된다.

"훌륭한 가르침을 얻었습니다. 이 은혜를 평생 기억하겠습니다."

생각이 나면 기억만 할 뿐, 구체적인 보답 계획을 세우진 않을 것이다.

"대륙을 돌아다닐 것인가?"

"악인들로부터 고통 받고 있는 이들을 구원하기 위해, 그리고 예술의 길을 걷기 위해서 그렇게 할 것입니다."

위드는 지금까지 베르사 대륙을 돌아다녔고, 앞으로도 사냥을 하고 돈을 벌기 위해서는 계속 돌아다닐 것 같았다. 북부만 하더라도 안 가 본 곳이 너무나도 많았고, 던전들을 발굴해서 아이템을 얻어야 하지 않겠는가.

데이크람이 덕담을 남겼다.

"많은 곳을 여행하면서 조각술을 발전시켜 주기를 바라네."

"물론입니다. 조각술을 위해서 평생을 헌신하겠습니다."

"그래야겠지."

데이크람이 잠시 하늘을 올려다보며 말이 없는 사이에, 위드는 매우 작은 목소리로 중얼거렸다.

"감정."

혹시라도 잘못 받았을 수 있으니 확인은 필수인 것.

목조품 : 내구력 1/1.
데이크람이 자신의 기술을 수록한 목조품이다. 대재앙의 자연 조각술을 일으키는 방법을 담고 있다. 단, 자연의 진실된 힘을 먼저 터득해야 한다.
제한 : 중급 자연 조각술 6레벨

'대재앙의 자연 조각술이 담긴 목조품이 맞군.'

위드가 목조품을 확인하고 주머니에 넣을 때, 데이크람이

한 가지 선물을 더 주었다.
"이것도 받도록 하게."
데이크람이 손에 꺼내 놓은 것은 하늘색으로 빛나는 신비한 물질.
"자네도 알고 있겠지만 지골라스에서 얻은 물건이네. 이것을 조각하기 위해서는 엄청난 열기가 필요한데… 땔감으로 쓰기 위해 나무들을 훼손할 수가 없어서 아직까지 만들지 못했네."
헬리움!
"어떻게 이런 귀한 물품을 제가 감히… 데이크람 님께서 조각을 하시면 정말 대단한 작품이 나올 텐데요."
말과 다르게 위드의 손은 전투 시를 방불케 하는 속도로 헬리움으로 향했다.

―헬리움을 획득하셨습니다.

마나의 원천.
부르는 게 값이 되어 버릴 헬리움까지 손에 넣었다.
"좋은 작품으로 만들어 보게."
"명심하겠습니다."
"그럼 잘 가게."

"여기 34만 원. 일주일간 고생 많았어요."

서윤은 일주일간의 시급 외에도 약간의 수당이 더해진 보수를 받았다.

그녀가 근무하는 동안 레스토랑에는 아침부터 손님들이 밀려들어 와서 저녁까지 가득 찰 정도로 장사가 잘되었다. 레스토랑 측에서는 서윤을 계속 고용하고 싶어 했지만 약속한 기한을 채우고 그녀는 그만두었다.

"처음으로 내가 번 돈이구나."

서윤은 봉투에서 돈을 꺼내어 만 원짜리들을 한 장씩 셌다.

쓰기만 할 때는 몰랐지만, 돈을 벌기 위해서는 사람들을 행복하게 해 주어야 했다. 밝게 인사를 하고 자리로 안내를 해 주고, 다른 손님들에게 조금만 더 기다려 달라고 부탁한다.

레스토랑에서 친구와 연인, 가족 들이 대화를 나누는 것을 보면서 서윤은 마음이 밝아졌다.

'일을 하면서도 기쁠 수가 있는 거구나.'

직원들과 손님들이 없는 틈을 타서 게 눈 감추듯 밥을 먹고 청소를 했지만, 그런 고단함도 일을 마칠 때에는 깨끗이 사라졌다.

사람들을 대하는 것이 불편하고 먼저 말하는 것이 어색했지만, 노동을 하면서 바뀌어 가는 자신을 느낄 수 있었다.

"이 돈이면 재료를 살 수 있겠어."

이현이 말했던 금액은 아르바이트로 모으기에는 시간이 너무 오래 걸린다.

그래서 생각해 본 것이 도시락 장사!

서윤은 다음 날 새벽 일찍 일어나서 시장을 돌며 여러 재료들을 샀다.

"예쁜 아가씨네. 뭘 줄까?"

아저씨들에게 두둑한 인심도 받으면서 식재료와 장사에 필요한 재료들을 구입했다.

이른 아침에 밥을 짓고, 반찬도 만들었다. 플라스틱 도시락에 정성껏 꾹꾹 눌러 담고 보온병에 콩나물국도 넣었다.

'이제 돈 벌러 가야지.'

서윤은 양손에 도시락이 잔뜩 든 가방을 들고, 회사원들이 붐비는 거리로 버스를 타고 나갔다.

새벽부터 일하고 준비하느라 몸은 녹초였지만, 도시락이 잘 팔려야 한다는 생각에 힘든 줄도 몰랐다.

서윤은 고층 빌딩들이 즐비한 곳에서 가방을 열어 도시락들을 차곡차곡 쌓았다.

커피를 마시면서 바쁘게 출근하던 회사원들이 그녀를 보고 멈췄다.

'예쁘다.'

'아, 천사로군. 어떻게 이렇게 예쁜 아가씨가…….'

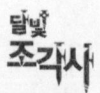

'오늘은 정말 운이 좋은 날이군. 팀장한테 까여도 거뜬히 참을 수 있겠어.'

서윤을 보면 보이는 한결같은 반응!

예전의 서윤은 표정도 경직되어 있고, 사람들과 눈도 마주치지 않으려고 들었다. 무의식적으로 피하기만 하던 그녀가, 이현을 만나고 난 다음부터 그 얼음 같은 표정이 풀어졌다.

웃지는 않았지만, 그녀에게서 느껴지는 순수한 표정이야말로 남자들을 미치게 만드는 것!

회사원들이 도시락을 보고 가까이 다가왔다.

"이거 파는 거예요?"

"네."

서윤의 짧은 대답에 황홀해하는 30대의 남성 회사원들!

"얼마예요?"

"그건요……."

막상 가격이 얼마냐는 질문을 받으니 서윤은 뭐라고 답해야 할지 곤란해졌다. 어느 정도의 금액을 책정해야 될지는 결정하지 못했던 것이다.

"아직 가격은 정하지 못했어요."

"그래요? 한 6,000원 정도면 될까요?"

도시락을 열어 본 남자가 말했다. 요리 재료 가격을 감안하더라도 마진이 제법 많이 남았다.

"네, 저는 좋아요."

"여기, 우리는 3개 살게요."

2만 원을 내고 2,000원을 거슬러 간 회사원.

다른 회사원들도 줄을 서서 서윤의 도시락을 사 갔다.

음식 맛은 중요하지 않다. 설혹 고추장이나 간장만 담겨 있더라도 사 가야만 하는 남자들의 본능!

정갈스럽게 준비한 반찬들, 그리고 실제로 맛도 있는 도시락을 먹으면서 회사원들의 입가에 미소가 그려졌다.

"이걸 다 직접 만드신 겁니까?"

"네."

"이렇게 도시락들을 만들려면 많이 힘들었을 텐데……."

남성들이 꿈꾸는 이상형이 서윤이었다.

어여쁘고, 청순하며, 요리도 잘하고, 생활력까지 강했다.

길거리에서 장사를 할 정도로 가정 형편이 조금 어렵더라도, 그게 왜 허물이 되겠는가.

도대체 더 이상 뭘 바랄 수가 없을 정도로, 만나 본 것만으로도 아침을 영광스럽게 만들어 주는 그녀.

"정말 맛있네요. 내일도 장사하세요?"

"아마 할 것 같아요."

회사원들은 그 자리에 선 채로 도시락을 다 먹고 나서도 근처를 떠나지 않았다. 지각을 하더라도 그녀를 조금이라도 더 보기 위해서 미적거렸다.

"도시락 2개 더 주세요."

아침을 때운 회사원들이라도, 도시락을 2개 더 샀다.

'점심, 저녁도 이걸로 먹어야지.'

설혹 먹지 않더라도 서윤의 얼굴을 봤으니 배가 부를 것 같았다.

'저런 외모라면 쳐다보는 것만으로도 돈을 내야 돼.'

회사원들의 가슴이 학창 시절로 돌아간 것처럼 두근거렸다.

서윤 같은 여자 친구를 사귈 수만 있다면 직장 상사에게 일주일을 시달리더라도 기쁠 것만 같은 기분이 들었다.

다만 그녀가 모르는 사소한 일이 한 가지 정도는 있었다.

회사들이 밀집한 지역의 인도에서 영업을 했기 때문에 구청에서 단속반이 나온 적이 있었다.

"사람들이 쭉 서서 기다리는 걸 보니 또 누가 장사를 하나 보네. 빨리 쫓아내고 가자."

단속반은 서둘러 왔다가, 도시락만 하나씩 사 먹고 돌아갔다.

어느 날 아침에는 서윤이 거슬러 줄 치 원찌리가 모자란 적이 있었다.

신입 사원은 급한 마음에 크게 소리를 쳤다.

"아니, 거슬러 줄 돈도 없이 무슨 장사를 해요? 빨리 먹고 회사 들어가 봐야 하는데! 이렇게 준비성이 부족하니까 이런 곳에서 밥이나 팔고 있지. 돈이 필요하면 차라리 술집을 나가든가."

서윤은 화내는 그의 모습에 놀라서 가만히 있었다.

정적이 채 2초가 지나지 않아 상황은 정리되었다.

'저놈 뭐야!'

'끌어내!'

'죽여?'

남자 손님들이 달려들기 전에 부르는 목소리.

"이철진 씨."

"예?"

도시락을 사기 위해서 줄을 서 있던 손님 중에는 신입 사원에게는 하늘 같은 과장과 부장도 있었다.

"와일아, 가자!"

위드는 와이번을 타고 데브카르트 대산을 벗어났다.

"감정!"

헬리움 : 내구력 3,000/3,000.
신의 눈물이라고 불리는 금속.
무한한 신성력과 마나의 원천이다.
무기나 방어구로 가공할 수 있으며 조각품으로 만들 수도 있다.

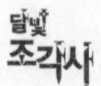

> 제한 : 가공을 위해서는 높은 등급의 화로가 필요함.
> 고급 6레벨 이상의 조각술 스킬이 요구됨.
> 무기나 방어구로 가공하기 위해서는 최소한 고급 8레벨 이상의 대장장이 스킬이 필요.

헬리움은 보통 물건이 아니라서 화로가 반드시 필요했다.

"모라타에 있는 대형 화로에서 작업을 하면 되겠군."

항상 고열로 타오르고 있는 대형 화로라면 금속의 속성을 가지고 있는 헬리움을 약하게 만들 수 있으리라.

"어쨌든 이건 조금 뒤에 조각해야겠어."

기대하던 헬리움 조각이었지만, 위드는 잠시 후로 미루었다.

현재 조각술 스킬은 고급 7레벨.

불의 전사 쿠비챠를 사냥할 때 연속으로 두 번 죽어서 조각술 스킬 숙련도가 심하게 하락했다. 하지만 자연의 조각품을 만들면서 줄어든 숙련도를 많이 복구했고, 얼마 후면 8레벨이 된다.

그래도 워낙 귀한 조각 재료이다 보니 스킬 레벨을 올려놓고 조각할 작정이었다.

"어서 빨리 조각술 스킬도 올려놓고, 대재앙의 자연 조각술도 터득해야 돼."

위드는 우선순위를 사냥이나 탐험보다는 조각술에 맞추기

로 했다.

 자연 조각술은 익힐 때 성과를 내야지, 나중에는 스킬 레벨을 올리기가 더욱 어렵다.

 더군다나 다섯 번째 조각술의 비기를 익히는 일을 미루어 놓을 수는 없는 것.

 "회색 산맥의 깊은 곳으로 가자."

 서당 개 3년이면 풍월을 읊는다는 속담도 있지 않던가. 그것이 다 작업 환경의 중요성을 의미하는 말이리라.

 위드는 산맥으로 들어가 계곡 근처에서 작품을 만들었다.

 물과 흙으로 여러 작품을 만들면서 스킬 숙련도를 쌓아, 자연 조각술이 중급 3레벨이 됐다.

 밤마다 몬스터들의 괴성에 푸닥거리면서 싸우는 소리가 들렸다. 바람 소리도 거세고 비까지 자주 내렸다. 산맥이라고 해서 절대 조용한 것은 아니었고, 숲에서 갑자기 몬스터들이 튀어나오는 경우도 있었다.

 "그래도 조각품을 만들고 있으니까."

 바르칸의 퀘스트까지 남은 날짜는 43일.

 그렇게 참으면서 조각품을 만들고 있을 때, 유린으로부터 귓속말이 전해졌다.

 ─오빠, 뭐 하고 있어?

 위드는 돌과 물로 인어들을 조각하고 있던 참이었다.

 자연과의 친밀도가 높은 엘프나 요정, 인어 들을 만들었을

때 평가가 좋다는 사실을 알아차렸기 때문이다. 인간이나 드워프, 바바리안 들은 종족 자체의 습성 때문인지 자연 조각품을 만들어도 호의적인 결과물이 나오지 않았다.

-조각품 만들고 있어. 넌 어디에 있니?
-여기 바르뎀 산이야.
-거기는 어떻게 갔어?
-풍경이 좋다고 해서 놀러 왔어.

그림 이동술을 이용해서 자유롭게 베르사 대륙 전역을 떠도는 그녀였다.

위드의 머릿속에 스쳐 가는 생각.

'베르사 대륙에는 큰 산이나 호수, 강이 많이 있지. 그런 장소에서 조각품을 만들면 성과가 훨씬 높을 거야.'

자연 조각술은 지역 환경과 떼려야 뗄 수가 없는 관계였으니 돌아다니면서 작품을 만들어 보는 것도 나쁘지 않을 것 같았다.

마센 왕국의 바르뎀 산.

수도인 노비스 성과 넓은 평야가 내려다보이는 경치가 끝내주는 장소.

유린의 도움을 받아 도착한 위드는 놀러 온 많은 유저들을 볼 수 있었다.

'부르주아들이구나.'

주로 활동하던 로자임 왕국이나 모라타와는 비교할 수 없이 유저들의 수준이 높았다.

레벨 200대가 넘는 유저들이 삼분의 일 이상!

그리고 레벨 300대가 넘는 장비를 착용한 유저들도 심심치 않게 보였다.

"전쟁이 도무지 멈추질 않는군. 이번에는 끝장을 보려고 하나 봐."

"3만 명의 병사들이 죽었다는데, 피해가 꽤 크겠지?"

"성에 갇혀서 몰살을 당했으니 기가 제대로 꺾였을 거야. 그래도 아직 남은 군단이 많으니까."

중앙 대륙에서 벌어지는 전쟁 이야기를 바르뎀 산에서도 들을 수 있었다.

"초상화 그려 드려요. 연인들끼리 한 폭의 추억을 남겨 보세요."

유린은 그림을 그려 주면서 돈을 벌었다.

동화처럼 따뜻한 색감에 귀엽게 그려 주는 그녀였기에 유저들 사이에서 인기가 높았다.

위드는 땅바닥에 앉아서 조각품을 만들 준비를 했다. 일부러 허름한 옷으로 갈아입은 그에게는 사람들의 관심이 거의 모이지 않았다.

'노비스 성을 빚어서 만들어 봐야지.'

흙에 물을 섞어서 손으로 반죽을 했다.

돌판 위에 진흙을 쌓아 산의 형태를 만들고, 평평하게 흙을 펼쳐 넓은 평야 지대도 마련했다.

　노비스 성은 손으로 주물럭거리면서 꼼꼼하게 만들었다.

　4시간 정도에 걸쳐서 만들었지만, 길이며 왕실 정원, 상점, 마차들과 사람들도 어느 정도 표현되어 있었다.

　지금까지 수많은 조각품을 만들면서 생긴 관찰력과 감각을 동원해서 빨리 만든 것이었다.

　유린의 그림이 그려지기를 무료하게 기다리던 유저들과, 단순히 관광을 왔던 사람들도 위드의 조각품에 관심을 가졌다.

　퀸 사이즈 침대 매트리스 정도의 면적에 재현된 노비스 성과 주변의 풍경들.

　그들이 있는 바르뎀 산의 공원과, 심지어는 그림을 그리는 유린과 위드 본인도 표현되어 있었다.

　"저거 봐. 진짜 대박으로 잘 만든다."

　"조각사인 것 같아."

　진흙의 형태를 잡고 조각칼로 살아 내기도 했다.

　신속하게 만들어지는 작품에 감탄과 놀라움을 보이는 유저들.

　위드는 돌판에 흙으로 만들어진 작품을 보면서 약간은 만족했다. 나무나 돌처럼 표면을 깎으면서 기술이 필요하지도 않았고, 물로 작품을 만들 때보다는 훨씬 쉬웠다.

"이 정도면 어느 정도 비슷하게 만들어진 것 같은데. 자연 조각술!"

가볍게 스킬을 시전하자 산 형태로 쌓아 놓았던 흙들이 딱딱하게 굳었다. 그리고 자라나는 작은 나무들!

평야 지역에서는 작물들이 깨알처럼 올라왔다.

자연의 힘을 끌어내니 마법처럼 변하는 조각품!

–만드신 조각품의 이름을 정해 주십시오.

"여동생과 놀러 온 바르뎀 산."

–여동생과 놀러 온 바르뎀 산이 맞습니까?

"맞아."

띠링!

걸작! 여동생과 놀러 온 바르뎀 산
자연을 있는 그대로 표현할 줄 아는 조각사의 작품.
땅의 기운을 빌려서, 대지의 모습을 조각품으로 만들었다.
자연의 힘이 깃든 조각품이다.
예술적 가치 : 559
특수 옵션 : 여동생과 놀러 온 바르뎀 산을 바라본 이들은 생명력과
  마나 회복 속도가 하루 동안 11% 증가한다.
  대상 지역의 자연의 힘이 충만해져 정령들의 활동력이
  왕성해짐.

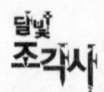

식물들이 자라는 속도 4% 증가.
더 많은 곡물들을 추수할 수 있게 됨.
다른 조각품과 중복 적용되지 않음.
지금까지 완성한 걸작의 숫자 : 95

―조각술 스킬의 숙련도가 향상되었습니다.

―고급 손재주 스킬의 레벨이 8이 되었습니다. 도구나 손을 이용하는 능력이 추가로 8% 증가하며, 다양한 분야에 걸쳐서 영향을 주게 됩니다.

―자연 조각술 스킬의 숙련도가 향상되었습니다.

―명성이 197 올랐습니다.

―힘이 1 상승하셨습니다.

―정신력이 3 상승하셨습니다.

―예술 스탯이 7 상승하셨습니다.

―걸작 자연의 조각품을 만들어서 자연과의 친화력이 8 증가합니다. 친화력이 증가하면 자연을 조각할 수 있는 범위와 영향력이 커집니다.

―순수한 조각품을 만듦으로 인해서 죽은 자의 힘이 정화되어 4 감소합니다.

위드의 고급 조각술 스킬은 17%만 더 모으면 8레벨이 된다. 죽은 자의 힘도 186만이 남아 있었다.

"우와아아아!"

"말로만 듣던 걸작 조각품이잖아. 조각사들 중에 누가 저런 작품을 만들 수 있지?"

"마법처럼 식물들이 자라게 했어. 그게 더 대단해!"

바르뎀 산의 유저들이 놀라서 시끄럽게 떠들고 있을 때였다.

위드는 태연하게 만들어진 작품을 마법 배낭에 넣었다. 작품을 더 크게 만들 수도 있었지만, 무게나 부피까지 고려해서 딱 배낭에 넣을 수 있는 크기로만 만든 것.

"이제 다음 장소로 가자."

유린이 그려 놓았던 풍경화에 그녀와 위드의 모습을 그렸다.

"그림 이동술!"

스킬이 사용되면서 신기루처럼 유린과 위드의 모습이 천천히 사라졌다.

하르판 왕국의 스네이크 계곡.
하벤 왕국의 피르타 성.

브리튼 연합의 로인 광장.
아이데른 왕국의 만개한 꽃의 거리.
바쿠바 왕국의 아르티안 분수와 일대.
리튼 왕국의 바네타 지역, 봄의 별궁.
로자임 왕국의 피라미드 주변.
브렌트 왕국의 거울의 호수.

 위드는 유린과 함께 여행을 다니면서 생기를 불어넣어 자연의 조각품을 완성!
 그가 조각품을 만드는 광경은 다른 유저들에게도 목격되었다.
 "뭐야, 저 조각사는?"
 "방금 작품을 완성한 것 같은데."
 웅성거리면서 사람들이 몰려들면 위드와 유린은 그들을 피해서 그림 이동술로 사라졌다. 하지만 사람들은 자신들이 본 광경을 게시판에도 올렸다.

제목 : 오늘 본 조각사에 대해 적습니다.
 스네이크 계곡에서 사냥을 하다가 어느 한 조각사를 봤는데요, 그는 흙으로 장난치듯 조각품을 뚝딱뚝딱 만들고 있었답니다. 초보자용 복장에 조각품을 만들어 봐야 뭐 얼마나 대단하겠냐고 무시했죠.
 그런데 흙을 쌓아서 만들어진 스네이크 계곡은 생생하게 잘 표현된 작품이었습니다.

진짜 멋지다는 생각이 들 정도로요.

하지만 도대체 어떻게 조각품에 계곡물이 흐를 수 있는 거죠? 분수나 다른 곳에서 물줄기를 끌어온 것도 아니었는데요.

-에이, 말도 안 돼요.
-꿈을 꾸신 듯. 이제 깨어나세요. 밤에 푹 주무시고요.

제목 : 스네이크 계곡에서 조각품을 만드는 것을 저도 봤습니다.
마법을 썼던 건지는 모르겠지만, 흙으로 만든 조각품에서 물이 흘렀습니다.

완성된 것도 무려 걸작의 조각품이었죠.

대화를 나누어 보고 싶었지만 워낙 빠르게 떠나 버려서…….

-진짜 조각품에 물이 흘렀나요? 그 조각사의 정체가 누군가요?
-하르판 왕국에도 중급 이상의 조각술을 가진 유저가 나온 건가요?
-마법을 쓰는 조각사?
-설마 비가 내리던 날에 조각품을 보신 건 아니겠죠? 우튼 님이 그러지는 않을 거라고 생각은 하지만…….

두 번째로 글을 적은 건 명망이 있는 모험가 우튼이었다.

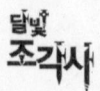

하르판 왕국에서 던전도 여러 개 발견한, 신뢰할 만한 경력이 있는 유저였다.

그리고 속속 이어지는 제보들!

제목 : 마센 왕국의 바르뎀 산에서도 어떤 조각사를 봤습니다.

즉석에서 조각품을 만드는 걸 보는 건 처음이었는데, 최고였어요. 나무들이 막 자라던데요.

- 나무들이 자라다니, 정령술을 펼친 건가요?
- 그건 저도 잘 모르겠습니다. 그런데 정말 눈에 띌 정도로 나무들이 금방 자랐습니다.
- 물이 흘렀다는 것만큼이나 믿기 어려운 이야기네요.

제목 : 혹시 그 조각사에 대해서 자세히 묘사해 주실 분?

저는 바쿠바 왕국의 유저입니다.

혹시 여러분이 본 사람이, 때가 덕지덕지 묻은 누추한 옷차림에 평범한 얼굴 아니었나요? 길이 다니는 회가는 엄청 예쁘고 챙이 넓은 초록색 모자를 쓰고 있고요.

- 맞습니다. 스네이크 계곡에서 제가 봤어요.
- 마센 왕국에 왔던 조각사도 바로 그랬습니다.
- 말도 안 돼요. 하르판 왕국, 마센 왕국, 바쿠바 왕국의 거리가

대륙을 떠도는 조각사 **223**

서로 얼마나 떨어져 있는데요.

-마법사의 텔레포트나 게이트 마법을 최대한 활용한다고 해도 어렵겠는데요.

기적을 만드는 조각사!

그러한 별명이 붙으면서 마센 왕국에서 위드가 조각품을 만드는 장면을 누군가가 게시판에 올렸다.

중앙 대륙의 여러 왕국의 유저들이 호응하듯이 자신도 봤다면서 글들을 올렸다.

제목 : 그 조각사의 정체는 위드입니다.

저는 로자임 왕국에서 활동하는 유저입니다.

위드 님이 우리 왕국 출신인 것은 다들 아실 겁니다. 그리고 어제 위드 님이 피라미드 위에서 조각품을 만들고 계시는 것을 봤습니다.

저도 피라미드를 만들 때에 한몫했기 때문에 알아볼 수 있었습니다.

유로키나 산맥에서 오크와 다크 엘프 들과 함께 파티 플레이를 하다가 세라보그 성으로 돌아와서 정말 행운이었네요.

이제는 저도 초보가 아니니까 모라타로 갈 겁니다.

제2의 고향 모라타를 향해!

-역시 위드였군요.

-위드라니까 그냥 설명이 되네요.

-지금 그의 조각술은 대체 어느 정도 수준에 오른 걸까요?

-설마 스킬을 마스터한 건 아니겠죠?

-모험을 하기도 바쁜데 어떻게 스킬을 마스터했겠어요. 조각술을 마스터했다면 직업 스킬을 최초로 마스터한 사람이 될 텐데요. 전투 스킬도 레벨을 올리기 힘든데 조각술은 오죽하겠어요.

-만약이지만 스킬을 마스터했다면 엄청난 화제가 되어서 주민들을 통해 다 알려졌을걸요. 그건 진짜 엄청난 건데요.

하벤 왕국의 피르타 성에서도 조각품을 만들었다는 사실이 유저들에게 전해졌다.

헤르메스 길드에서는 뒤늦게 알게 되었다.

"위드가 죽고 싶었던 모양이군. 감히 피르타 성까지 와?"

피르타 성은 산꼭대기에 지어진 고성이다. 전략의 요충지이기도 하지만, 하벤 왕국의 자랑거리인 아름다운 곳이다.

"진작 알았으면 길드의 정예부대를 보내서 쓸어버렸을 텐데!"

헤르메스 길드의 고위 간부들은 불쾌해하며 이를 갈았다.

지골라스 인근에서 드린펠트의 함대가 무너진 것으로 그들은 자존심에 적지 않은 상처를 입었다.

더구나 지금이 어느 때이던가.

하벤 왕국을 완전히 점령하고 바드레이가 국왕에 올라 최고의 힘을 과시하고 있었다. 다른 유저들과 길드들도 바짝 엎드려 있을 때였다.

그동안 혼자서 활동하던 고레벨 유저들이 속속 길드에 가입 의사를 밝히고 있는 시점에 피르타 성에 와서 유유자적 조각품을 만들고 떠나 버리다니!

유저들은 그 배포에 더욱 혀를 내두를 수밖에 없었다.

프레야 대성당

위드는 중앙 대륙을 돌면서 자연 조각품만 만든 것은 아니었다.

"조각사 위드가 맞소? 그대의 작품이 대단히 뛰어나다고 하더군."

"저에 대해서 제대로 알고 계셨군요. 폐하를 만나 뵙기 위하여 먼 곳에서 달려왔습니다."

위드는 탈로크의 갑옷을 비롯하여 매력과 기품을 올려 주는 최고의 장비들을 착용하고 귀족의 저택과 왕성에 방문했다.

리튼 왕국의 국왕이 왕좌에 앉아 물었다.

"북방의 귀족이며 모험가로도 유명한 그대가 이곳에 온 까닭이 무엇이오?"

위드는 검은 무장해제하고 갑옷만 착용한 채로 정중하게 아부의 말을 던졌다.

"왕국을 둘러보니 너무나도 훌륭하신 통치에 깊은 감명을 받았습니다. 존귀하신 국왕 폐하께 인사를 올리기 위함이었습니다."

"그대를 보니 그동안 잊고 지냈던 일이 떠오르는군."

"무슨 일인지 경청하고 싶습니다."

위드의 명성이나 기품은 귀족들과 국왕도 쉽게 만날 수 있을 정도로 높았다.

국왕의 퀘스트도 받아들일 수 있는 상태!

다만 귀족이나 왕족을 만날 때에는 예법을 철저히 지켜야만 했다.

"나도 젊을 때에는 멋진 외모를 가지고 있었지. 각국의 공주들과 귀족가의 영애들이 나와 춤을 추기 위해서 기다릴 정도였다."

리튼 왕국 국왕의 외모는 잘 쳐줘도 오크 암컷들 사이에서 인기를 끌 정도밖에 안 됐다. 하지만 진실이란 밝히기보다 침묵하는 것이 일신상에 도움이 될 때가 많은 게 세상의 이치!

그리고 위드는 매우 현실적으로 살아간다고 자부하는 인물이었다.

"무슨 말씀을요. 지금 국왕 폐하를 뵈니 여전히 많은 여자들의 마음을 빼앗고 계실 것 같습니다. 리튼 왕국 귀족가의

영애들은 폐하 때문에 무척 불행하겠군요."

"모험가여, 나 때문에 그들이 불행하다니, 무슨 뜻으로 하는 말인가."

이 자리에 귀족가의 영애는 당연히 단 1명도 없었다. 입이 무거운 기사들과 위드 그리고 국왕뿐이다.

"폐하를 사모하며 밤잠을 제대로 이루지 못하고 있지 않겠습니까."

"껄껄!"

리튼 왕국의 국왕이 크게 웃었다. 볼살이 푸들푸들 떨리고 배가 출렁거렸다.

위드는 그 틈을 놓치지 않고 말했다.

"웃는 모습도 과연 매력적이십니다!"

뱀에게 피부가 좋다고 칭찬하고, 개구리에게는 뒷다리의 각선미가 일품이라고 할 수 있다.

눈치도 빨랐으니 간신으로서는 더할 나위 없는 재능.

"내 젊었을 때 모습의 조각상을 하나 세워 주게! 조각상을 만들기 위해 필요한 것이라면 뭐든 지원해 주지."

띠링!

국왕의 조각상
리튼 왕국의 국왕은 자신의 청년 시절을 조각한 작품을 왕궁에 세우려고 한다.

> 조각품을 만들어서 국왕을 만족시켜라.
> 대륙에서 손꼽히는 조각사만이 의뢰를 성공시킬 수 있으리라.
> 조각 재료는 왕궁에서 준비해 줌.
> **난이도 : 직업 퀘스트**
> **보상 : 에메랄드, 사파이어 최소 10개 이상**
> **퀘스트 제한 : 조각사만이 가능**

아부를 한 덕분에 조각술 의뢰도 받게 된 것이다.

위드는 곧바로 넙죽 허리를 숙였다.

"폐하의 모습을 조각할 수 있어서 영광입니다. 저의 정체되어 있던 조각술에 광명이 비치는 것 같습니다."

-퀘스트를 수락하셨습니다.

왕궁에 준비된 것은 최고급의, 눈처럼 흰 돌!

위드는 자하브의 조각칼을 바로 꺼냈다. 작품을 만드는 것도 어렵지 않고 쉬웠다.

"젊을 때의 조각품을 만들어 주면 되지."

리튼 왕국 국왕의 젊은 시절 초상화들을 보니 영락없는 새끼 오크다.

"잘생기게 만들어 주면 될 거야."

키는 약간 높여 주고, 콧대는 오똑하게 세워 준다. 풍성한 살집은 건장한 체격으로 바꾸어 주는 방식으로 결점들을 감췄다. 의전용 갑옷과 검을 착용시킨 모습으로 조각해서 전체

적인 균형미도 살렸다.

리튼 왕국의 국왕과 틀림없이 비슷하지만 다른 인물!

연예인들의 과거 사진을 능가하는 변화가 조각품에 있었다.

불과 3~4시간을 투자해서 만든 조각품이었지만, 재료가 아주 좋았다.

위드는 조각술 스킬도 경지에 올랐고, 자연 조각술도 익히고 있다. 자연의 생기를 끌어 올려서 조각품에 입히니, 조각상에 윤기가 좌르르 돌면서 훨씬 멋들어지게 변했다.

그리고 종지부를 찍어 주는 아부 한마디.

"제 실력이 부족하여 폐하의 넓으신 마음과 포용력, 사람의 무릎을 탁 하고 치게 만드는 진정 현명하신 생각까지는 조각품에 표현하지 못했사옵나이다. 죽여 주시옵소서!"

간드러진 목소리로 작품의 결점 아닌 결점까지 해명하며 리튼 왕국 국왕의 마음을 사로잡았다.

"훌륭하구나. 내 마음에 들었으니 자책할 필요가 없다. 수고가 많았으니 보석을 내리도록 헤라."

재료가 아까울 정도로 날림으로 만든 조각품이었다. 사실 본판이 그리 좋지 않아서, 시간을 많이 투자한다고 해도 더 좋은 작품이 나오기란 위드의 실력으로도 힘들다.

"자하브나 데이크람을 데려온다고 해도 이보다 잘하기는 어려웠을 거야."

프레야 대성당 **233**

예술적인 수준이 항상 퀘스트의 성공과 비례하는 건 아니었다.

"예술의 길이란 정말 어려운 거니까."

그렇게 퀘스트를 완수했지만, 단지 의뢰를 하기 위해서 왕성까지 찾아온 것은 아니었다. 왕성에 있는 예술품들, 귀족들의 소장품들을 보기 위해서 왔다.

간단히 이야기하자면 집 구경!

정령들을 만들고 나서 떨어진 예술 스탯을 복구하기에는 가장 빠른 방법이었다.

위드는 유린과 같이 뻔뻔하게 왕성을 돌아다녔다.

"오, 정말 멋진 조각품이군요! 이토록 대단한 작품을 가지고 계시다니, 역시 폐하이십니다. 권력과 존엄한 힘을 상징하는 작품이로군요. 그런데 혹시 먹다 남은 음식은 없나요?"

왕립 조각사 란티노의 작품 황혼의 늑대를 감상하셨습니다.
예술 스탯이 2 증가합니다.
뛰어난 안목의 작품 감상으로 조각술 스킬의 숙련도가 0.1% 올랐습니다.

왕립 화가 프라일의 작품 봄의 별궁을 감상하셨습니다.
예술 스탯이 3 증가합니다.
뛰어난 안목의 작품 감상으로 그림 그리기 스킬의 숙련도가 3.1% 올랐습니다.

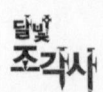

작품도 보고, 밥도 먹고, 귀족들이나 기사들과 인사도 나눴다.

국왕이나 고위 귀족을 만날 수 있는 유저들은 극소수였다. 로열 로드의 정보 게시판은 물론이고 다크 게이머 연합에서도 찾기 불가능한, 왕들에 대한 정보.

예술품의 경향에 대해서도 많은 것을 배울 수 있었다.

왕성에 있는 예술품들은 왕의 위대함과 절대 권력을 드러내는 작품들이 많다.

화려하고 관능적인 예술품들을 봤을 때 위드의 반응은 입을 쩌억 벌리는 것이었다.

"돈이 많군. 사치를 좋아하겠어."

반드시 친밀도를 높여 놓아야 하는 대상으로 분류.

역동적이고 소박한 예술품들이 많은 왕국에서는 고개를 절레절레 저었다.

"틀렸어. 가난해!"

수박 겉핥기식이지만 여러 왕국들을 돌면서 작품들을 감상했다. 예술 스탯도 2,089까지 복구했다.

베르사 대륙의 모든 왕국과 귀족, 영주 들의 집, 교단들을 방문한다면 그보다 훨씬 많은 예술 스탯을 얻을 수 있었을 것이다.

하지만 몇몇 국왕들은 유명한 조각사나 모험가의 방문이라고 해도 친밀도가 낮아서 소장품을 잘 보여 주지 않았다.

왕성의 복도에 걸려 있는 작품이나 넓은 정원, 궁전에 있는 작품들을 힐끗 지나가면서만 볼 수 있었다.

영주나 귀족 들이 조각술을 무시하거나 한다면 높은 명성도 큰 의미가 없는 것이다.

위드의 명성은 주로 모험과 조각술에 의해 올려진 것이라서, 둘 중 하나만 싫어하더라도 귀족들에게 면담 요청을 거부당하기도 했다.

"유감스럽게도 그대의 이름을 사교계에서 들어 본 적이 없군."

"조각품을 많이 만들었다고? 나는 검을 아주 좋아해. 뛰어난 검술을 익힌 검사가 아니라면 저녁 시간을 함께할 수 없지."

"이곳 자유도시는 무역으로 크게 성장할 수 있었지. 자네는 상인으로서의 경력이 너무 모자라군."

사교나 교역, 검술, 마법, 여러 분야에 따라서 못 만나는 국왕이나 귀족들이 있다. 유저들이 성장해서 국가를 독차지한 하벤 왕국의 경우나 유저 출신의 귀족, 영주 들의 경우에는 당연히 위드의 명성에 민감하게 좌우되지 않는다.

성을 독차지하고 창고에 있는 예술품들도 다 팔아 버리거나 구매하지 않는 것이 보통이었으므로 애써 방문하더라도 헛수고이기 일쑤였다.

리튼 왕국의 국왕, 아이데른 왕국, 로자임 왕국 그리고 브

리튼 연합 왕국 정도가 위드를 좋아하고 소장된 작품들을 아끼지 않고 꺼내서 보여 주었다.

대륙의 교단들은 더욱 까다로워서, 프레야 교단과 루의 교단 그리고 엠비뉴 교단과의 싸움을 존중하는 세 곳의 교단만 둘러볼 수 있었다.

베르사 대륙을 돌면서 귀족들에 의해 조각술이 무시당하는 꼴을 톡톡히 경험하기도 했다.

"조각술로 몬스터 대군을 돌아가게 할 수 있나? 조각술은 한가하고 여유로운 자들이나 관심을 두는 것이지."

"조각품에서 아름다움을 찾을 수 있다고? 허허, 마나에 대한 지식과 경험으로 발현시키는 마법처럼 아름다운 것은 세상에 없지."

대륙에 조각사들이 많이 줄어들었고, 또한 위드만큼 실력이 뛰어나거나 유명한 조각사도 없다. 그러므로 주민들의 조각술에 대한 인식도 낮아서 무시하는 경우가 잦았다.

검사나 마법사 들은 절대 그렇지 않지만, 유저들의 활동에 따라서 직업에 대한 인식도 바뀔 수 있는 것!

어떤 영주는 거만하게 배를 내밀며 말했다.

"조각사라고? 마땅치는 않지만 난 모험에 대한 이야기를 듣기를 좋아하니까 시간을 내주지. 자네가 지골라스라는 북쪽 끝의 땅에 가서 굉장한 모험을 했다는 소문을 들었거든! 그 이야기를 해 주면 좋겠군. 만약 자네가 엉터리 같은 물감이나 옷에 묻히고 다니는 화가였다면 절대로 만나지 않았을 거야!"

그나마 경쟁 관계라고 할 수 있는 화가들도 비슷한 처지라는 점에서 조금의 위안거리 정도는 찾을 수가 있었다.

"그래도 참을 만하군. 조각사만큼 화가들도 무시를 당하니까!"

자연의 조각품을 만들고 왕성들을 방문하다 보니 바르칸의 퀘스트가 시작되는 시간이 이제 24일밖에 남지 않았다. 하지만 자연 조각술의 숙련도를 중급 5레벨 89%까지 올릴 수 있었다.

조금만 더 올리면 대재앙의 자연 조각술을 터득할 수 있는 상태!

유린이 물었다.

"오빠, 이제 어디로 갈 거야?"

"일단은 모라타로 돌아가자."

유린은 빛의 탑을 그렸다.

모라타는 지금 밤이 되었을 시간. 빛의 탑이 광채를 발산하는 장면을 먼저 그린 후, 그녀와 위드를 그려 넣었다.

"그림 이동술!"

둘의 모습이 풍경 안으로 빨려 들어가듯이 사라졌다.

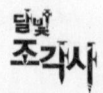

"인부 등록하러 왔습니다."

"오늘부터 바로 일을 시작할 수 있나요?"

모라타의 건설 예정 부지는 공사에 참여하려는 사람들로 북적였다.

500명, 2,000명, 7,000명, 8,000명, 2만 명.

시간이 지날수록 개미 떼처럼 몰려든 유저들에 의해 땅을 고르는 기반 공사는 식은 죽 먹기로 끝이 났다.

"석재 채취하러 가실 분들 줄을 서세요!"

"광산에서 철광석 캐 올 파티 모집합니다! 광부분은 절대 우대."

건축 자재들도 산더미처럼 쌓였다.

영주성에서 퀘스트를 받고 동원되는 인부들!

위대한 건축물이 올라간다고 했을 때부터 모라타의 유저들이 대거 동참했다. 주변의 광산과 돌산, 강의 밑바닥에 있는 바위까지 건축 자재로 쓸어 모아 왔다.

대성당과 대도서관에는 유저들이 개미 떼처럼 몰려들어서 기둥을 올리고 벽돌을 쌓는 중이었다.

"대성당의 중심에는 예배당을 짓고, 탑은 12개를 지읍시다."

"별관과 수도원 학교도 지어야죠."

"사제실과 성당 기사단의 숙소도 만들어야 됩니다."
"예배당의 높이가 150미터는 되어야 하지 않겠습니까? 위에는 커다란 원형 돔을 올려야 하고요."
"최소한 230미터는 되어야죠. 프레야 여신상보다도 훨씬 커야 어울릴 테니까."
 건축가들은 그들끼리 토론을 해서 설계를 하고 공사장을 지휘했다.
 어마어마하게 웅장한 모라타의 대성당이 계획되었다.
 인근 강과 돌산에서부터 자재를 운반하는 사람들의 줄이 늘어질 지경이었다.
"끙차!"
"허어어어억!"
 다리를 후들거리면서 돌과 나무를 나르는 초보자들!
 지금까지 위드가 손을 댄 작품들은 대부분 성공했다. 대형 피라미드나 프레야 여신상이 눈에 보이는 증거였다.
 모라타에, 그리고 프레야 교단에 공헌도를 올릴 수 있는 황금 같은 기회도 놓칠 수 없다.
 발전하는 도시에서 공헌도를 올리면 쓸모가 매우 많았다. 세금을 줄일 수 있고, 집을 얻거나 병사들을 빌려서 탐험에 나서는 것도 가능하다. 영주의 무기 창고가 있다면 장비를 갖는 것도 할 수 있다.
 모라타에서 시작해서, 앞으로도 북부에서 오랫동안 살려

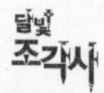

는 초보자들에게는 절대로 빠질 수 없는 기회!

마판과 페일, 이리엔은 산에서 그 광경을 보면서 대화를 나누었다.

"과연 우리가 짐작했던 대로군요."

"모라타에서 시작한 유저들은 정말 빨리 성장할 겁니다."

"방심해서는 안 되겠어요."

위드에 의해 유저들이 노동을 하는 건 놀랄 만한 사건은 아니다. 정말로 자연스럽게, 자발적인 착취를 이끌어 내는 지도력이 위드에게 있었던 것이다.

갓 시작하여 부푼 꿈을 안고 로열 로드에 빠져든 초보자들이 모라타에는 많다.

건축 자재를 옮기는 힘든 일부터 시작한 초보자들은, 나중에 아무리 어려운 일이라도 척척 해내리라.

사회생활을 하면서 첫 직장을 제대로 잡아야 하는 것과 비슷한 논리.

위드가 강제로 의뢰를 부여한 것도 아니다.

고된 일을 하면서도 모라타를 발전시키게 될 위대한 건축물을 본인의 손으로 짓고 나면, 성취감 때문에 다른 지역으로 이주하기도 어려우리라.

그저 이 모든 일들을 예상하고, 엄청난 거금을 선뜻 내서 공사를 시작한 위드가 더욱 대단해 보일 뿐!

"우리 영주님처럼 좋은 분이 세상에 어디 있겠어?"

"세금 낮지, 필요한 건물 많이 세워 주지, 치안도 이만하면 잘 지켜 주고, 도로 계획이나 도시 발전 계획도 잘 짜잖아."

확실한 정보가 공개되어 있지 않다 보니 허위 과장된 소문도 판을 쳤다.

"우리 영주가 지금까지 모라타에 투자한 돈이 2백만 골드는 족히 넘지 않을까? 상당액은 세금이 아니라 본인 돈이었을 거야."

"모라타는 완전 망한 마을이었잖아. 주민들을 구제하고 이만큼 성장시켰으니 정말 대단해. 지금도 위대한 건축물을 지어 주고 말이야."

위드에 대한 칭송이 유저들과 주민들 사이에 드높았다. 영주로서의 인기는 대륙 최고라고 할 수 있었다.

몬스터들을 끌어와서 유저들을 학살하더라도 칭찬을 아끼지 않을 정도의 세뇌!

"그럼 충분히 쉬었으니 다시 가죠."

"자, 자! 밉시다."

마판과 페일, 이리엔은 장식용 돌이 가득 들어 있는 수레를 밀었다. 남은 동료들은 대도서관의 작업 현장에서 계단을 오르내리며 석재를 나르는 중이었다.

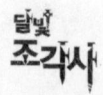

위드가 유린과 함께 빛의 탑 주변에 도착했다.

높은 곳에서 보니 데브카르트 대산으로 떠날 때보다 유저들이 훨씬 많이 증가한 것이 실감이 났다. 위대한 건축물까지 짓는다는 사실이 알려지면서, 초보자들은 물론이고 중앙 대륙의 떠돌이 유저들도 많이 유입되었다.

"흠. 일단 옷을 갈아입어야겠군."

위드는 초보자를 갓 벗어난 유저들이 입는 기본형 사슴 가죽옷을 착용하고, 얼굴에는 바드들이 주로 쓰는 박쥐 가면을 착용했다. 흔하게 입고 다니는 복장이었으므로 눈에 띌 일은 적을 것이다.

작품을 팔 때에는 일부러라도 초보자용의 허름한 옷을 입고 다녔다. 조각품을 만드는 데 특별히 어떤 옵션이 있기 때문은 아니었다.

"그래야 뭔가 있어 보이니까!"

예술이란 곧 배고픈 것.

빨지도 않은 초보자 옷을 입고 중앙 대륙을 돌아다닌 것에는 그런 의미가 있었다.

위드는 옷을 갈아입고 나서 길드 채팅 창은 물론이고 귓속말도 개방했다. 이제 모라타에서 작품을 만들어야 하므로 정보 획득을 위해서도 가끔 길드 채팅을 열어 놓곤 했다.

그런데 무언가 그들끼리 하고 있는 것이 있는지, 잡담이 전혀 들려오지 않았다.

황야의여행자는 친목 위주의 길드였지만 직업이 다양하고 레벨이 높아서 들을 가치가 있는 이야기를 자주 했다. 길드들은 정보의 터전, 광장에서도 많은 이야기를 들을 수 있기 때문이다.

바로 그것이 상인들이 아는 것이 많은 이유이기도 하다. 상인 길드에서는 온갖 종류의 소문들과 시세 정보 그리고 필요한 물품들을 조달할 수 있었다.

"그럼 한 바퀴 돌아 볼까."

위드는 유린과 헤어져서 모라타의 거리를 걸었다.

광장만 둘러보더라도 유저들의 수준을 알 수 있었다.

파티를 구해서 사냥터로 향하는 이들이 굉장히 많다.

이것이야말로 모라타의 밝은 미래를 보여 주는 일!

위드의 입가에 흐뭇한 미소가 맺히고 있을 때였다.

"무료로 식사를 제공합니다. 영주님께서 베푸는 음식입니다. 배가 고프신 분들, 모두 와서 드세요!"

모라타에 세워져 있는 무료 급식소 앞에 수백 명씩 줄을 서 있는 게 아닌가!

공짜를 좋아하면서 밥을 거저먹으려는 사람들. 급식을 받기 위해 서 있는 10대 후반가량의 소녀들의 대화가 들렸다.

"우리 영주님은 참 훌륭한 분이잖니."

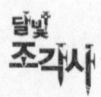

"그러게. 다른 어디를 가더라도 밥을 공짜로 주진 않잖아."

"기왕에 공짜로 주는 거, 고깃국도 먹고 싶어."

"급식소의 식사도 맛있지 않니? 매일 메뉴도 바뀌고, 레벨 300이 넘어도 계속 여기서 밥을 먹고 싶어."

위드의 혓바닥이 분노로 인해 파르르 떨렸다.

목구멍으로 튀어나오려는 욕은 수백만 마디!

공짜로 밥을 먹여 주면 열심히 사냥을 하고 의뢰도 해서 세금을 납부해야 될 것이 아닌가.

하지만 위드는 넓고 자비로운 마음으로 참고 넘기기로 했다.

여성 유저들이 먹어 봐야 얼마나 먹는다고 예산을 축소해서 반찬의 양을 줄인다거나 하겠는가.

"세 그릇요!"

"멀리 사냥 나가야 되니까 두 그릇 더 먹어."

"그렇게 할까?"

와구와구.

5명의 여성 유저들은 내숭 따위는 전혀 없이 게걸스럽게 음식을 먹어 치웠다.

그녀들의 직업은 체력 소모가 큰 워리어! 몸을 많이 움직이는 전투 계열 직업이라 음식도 많이 먹어야 했다.

위드는 그녀들의 입안으로 사라져 가는 음식을 볼 때마다 생살이 뜯겨 나가는 기분이었다.

"여자와 소개팅을 했는데 만약 레스토랑에 가서 스테이크를 주문하고 음료수, 샐러드까지 추가하면 이런 느낌일까?"

상상하는 것만으로도 숨이 막혀 오는 끔찍한 지옥!

급식소의 인기는 대단해서, 끊임없이 사람들이 몰려오고 식사를 해결한 후 다른 곳으로 향했다.

목검을 막 휘두르고 다니고, 주먹질을 하거나, 아무 옵션 없이 넓은 챙이 달린 모자를 쓰고 있는 초보자들이 절대 다수를 차지했다. 레벨이 높아져도 급식소의 음식을 찾겠다고는 하지만, 정말 그때가 되면 버는 돈의 액수가 달라져서 더 맛있는 것을 찾기 때문이었다.

"먹는 것 가지고 쪼잔하게 그러지 말아야지. 사람들이 먹어 봐야 얼마나 먹겠어? 급식소 정보 창!"

영주의 무료 급식소

모라타의 주민들과 유민들에게 음식을 무료로 제공하는 장소.
매일 엄청난 인원의 식사를 준비하고 있다.

고용된 요리사 : 603명
매일 준비되는 식사의 양 : 191,800인분
일주일에 소모되는 골드 : 요리사의 급여 1,809골드
　　　　　　　　　　　　　음식 재료 18,794 골드

†**발휘되는 효과**†
　영주에 대한 충성도 증가.
　치안 불안이 감소함.

출생률이 2배로 높아짐.
식료품의 가격을 낮게 유지시킴.
모라타 지역 요리사들의 스킬 향상 속도가 중급까지 6% 증가함.

1달 기준으로 8만 골드가 넘는 천문학적인 액수가 급식소로 인해 소모되고 있었다.

"커흐흐흐흑."

위드는 참으려고 했지만 통곡하지 않을 수 없었다.

부모님이 살아 계시던 어릴 때 가끔 사 주시던 사탕을 동네 노는 형들에게 뺏겼을 때보다도 더 아까운 기분!

거리에 지나다니는 유저들이 많아서 그의 특이한 행동은 눈길을 끌었다.

"급식소를 보고 감동했나 봐."

"다른 지역에서 여기까지 걸어온 유저인가? 하기야 모라타를 보면 진짜 기뻐할 만하지. 즐겁고 재미있는 도시잖아."

"가면만 빼면 얼굴 형태가 모라타 영주 닮게 생기지 않았어?"

"전혀 안 닮았잖아. 저렇게 궁상맞은데 어니를 봐서 전쟁의 신 위드와 같다는 거야."

위드는 급식소를 폐쇄시킬까 진지하게 고민했다. 솔직히 마음 같아서는 식당으로 전환하고 싶기도 했다.

하지만 먼 장래까지 내다보면 급식소는 운영 비용이 많이 들어도 혜택이 크다.

모라타는 대도시가 되었다. 치안과 출생률을 확실하게 더 높여 줄 뿐만 아니라 경제 발전을 촉진시킨다. 가장 중요한 장점으로는 위드가 굉장히 훌륭한 영주라는 인식이 퍼지는 것이다.

"나중에 제대로 쓸어 담기 위해서, 지금은 키워야 될 때야."

주민들과 유저들이 많이 늘어날 필요가 있었다.

오크들의 마을은 기술력이 일천하기 짝이 없고, 생산 스킬의 발달 정도, 상점에서 판매하는 물건의 제한도 심하다. 그럼에도 불구하고 유로키나 산맥 쪽의 오크들은 무시무시한 속도로 개체량을 증가시키면서 영역을 확장하는 중이었다.

오크 상인들이 주로 하는 말이 있었다.

"우린 100골드짜리 물건을 팔기 위하여 노력하지 않는다. 1골드짜리 1,000개를 팔면 된다. 그리고 잘못 만들어진 300개는 바꿔 준다."

질보다 양을 유감없이 보여 주는 오크들!

위드는 정보 조사를 통해서, 그리고 오크 카리취로 변했을 때의 경험을 바탕으로 경제력을 키우기 위해서는 사람들이 많아야 한다는 대전제를 절실하게 느낄 수 있었다.

"설마 1년 내내 무료 급식소에서 밥을 먹고 축제나 볼거리 같은 걸 빈둥빈둥 찾아다니지는 않겠지!"

모라타가 예술로 이름이 높고 바드와 댄서의 공연이 많다

보니 할 수 있는 끔찍한 상상이었다.

물론 그런 유저도 아예 없을 수는 없겠지만, 정말로 흔하지는 않을 것이다.

위드는 내친김에 공연장에도 들어갔다. 모라타의 현실에 대해 알아보기 위해서는 음악을 듣고 연극도 봐야 했다.

"문화생활이야말로 돈이 많이 드는 것인데. 성숙된 수준의 연주를 볼 수 있겠지."

하프를 비롯해서 악기를 다루는 분야에는 관심이 많은 편이었다.

위드가 들어간 장소에서는 바드들이 38명이나 연주를 하고, 댄서들은 춤을 추었다.

음악과 노래, 연극을 합쳐 놓은 뮤지컬!

모라타에서 대단히 인기가 많은 '마법사들의 맹세'라는 공연이었다.

관객들도 자리를 가득 채우고 앉아서 보고 있었다.

위드도 빈자리에 앉아서 공연에 집중했다. 그러나 곧 자연스럽게 감기는 눈꺼풀.

"드르렁!"

그리고 20분 정도 후에 공연이 끝났다.

공연 마법사들의 맹세를 감상하셨습니다.
힘이 3% 감소합니다.

민첩이 4% 감소합니다.
체력의 회복 속도가 느려지고, 최대치가 줄어듭니다.
지혜가 11% 증가합니다.
지식이 6% 증가합니다.
마나의 회복 속도가 일시적으로 빨라집니다.
공연의 지속 시간 사흘.
다른 공연이나 춤과 중복되지 않습니다.

관객들은 대다수가 마법사나 정령사, 소환술사 등이었다.

공연을 마치고 배우들이 무대 인사를 나오자 관객들이 우레와 같은 박수를 쳐 주었다. 그러고는 저마다 바삐 출입구를 향해서 나가는 것이었다.

"인젠, 어디로 사냥을 가나?"

"강 옆에 있는 던전. 너는?"

"모라타에서는 꽤 먼 곳이야. 마인스의 무덤이라고… 몬스터들의 레벨이 꽤 높지만 파티원들의 실력이 좋거든. 언제 너랑도 사냥을 해 봐야 하는데."

공연을 감상하고 나서 정해진 약속 시간에 맞춰서 파티가 있는 곳으로 향한다.

전사나 기사 들도 그들과 관련된 공연을 보기도 했다.

'전사의 탑에 도전하는 소년'.

'드래곤에 돌격을'.

바드나 댄서 들의 공연은 처음부터 멋지거나 완벽할 수는

없다. 수없이 많은 허무맹랑한 내용을 가진 공연들이 시도되고, 엉터리 같은 음악을 만들어 내기도 했다.

하지만 그렇게 도전하고 시도하면서 만들어 내는 과정에서 보석들이 발굴되는 것.

공연이란 99%의 실패를 밑거름 삼아서 1%를 찾는 것이다.

짝짝짝!

위드도 박수를 치면서 몸을 일으켰다.

"정말 훌륭한 공연이었어."

공연장을 나와서 모라타를 돌아다니다 보니 시내 공연도 많이 이루어지고 있었다.

바드들은 악기를 연주하고 구경꾼들이 던져 주는 동전을 모아 돈을 벌었다.

나중에 레벨이 높아진 후에는 큰돈이 아니지만, 거리 공연의 즐거움 때문에라도 계속 노래를 하며 악기를 연주하게 된다고 한다.

모라타에서는 이러한 연주를 어디서나 볼 수 있었다.

"정말 좋은 직업이군!"

직업들의 장점을 잘 찾아내는 위드에게는 훌륭한 점들이 보였다.

악기만 있으면 재료비도 거의 안 들고, 실랑이를 하면서 흥정을 할 필요도 없다. 무엇보다도 큰 장점은, 이렇게 버는 돈은 기부로 분류되어서 세금을 내지 않아도 된다는 것이다.

파티원들과 함께 던전에 가더라도 스킬 숙련도를 위하여 연주 등을 계속해야 했으니, 쾌활한 성격을 가진 사람에게는 이보다 더 좋은 직업이 없다.

 화령만 하더라도 파티 사냥을 할 때 분위기를 활기차게 만드는 역할을 했다.

 댄서의 매력에 푹 빠져서 사냥을 하다 보면 기사들이나 검사들은 가끔 불굴의 힘을 발휘할 때도 있다고 한다. 위드를 비롯하여 주로 사냥을 가는 다른 파티원들은 직접 전투 계열의 직업이 아니었고 수르카는 화령과 같은 여성이라서 그런 일을 경험해 본 적은 없지만.

 하지만 음악이나 춤에 푹 빠져 있다가 몬스터들에게 둘러싸여 버리는 위험한 상황이 발생하기도 한다고 한다. 바드들은 그런 전멸의 순간까지도 노래로 만드는 유쾌한 이들이었다.

 "조각품과 그림도 많이 있고……."

 상점마다 조각품들이 있는 것은 예사로 볼 수 있었다.

 주택가에서도 형편이 되면 집을 꾸미기 위하여 작품들을 사들였기에, 조각사와 화가 들의 짭짤한 수입원이 되어 주었다.

 모라타에서는 문화 투자 비용으로 지출되는 액수도 많은 편이라 관련 의뢰나 발주만으로도 먹고살 만한 수준이었다.

 사실 예술가들의 도시 로디움은 베르사 대륙에서 너무나도 대표적이었다. 예술을 꿈꾸는 사람이라면 첫손가락에 로

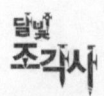

디움을 꼽았으니 그만큼 예술가들로만 들어차게 되었다. 결국 비율이 맞지 않아서 일거리가 적은 것이다.

하지만 모라타에는 초보 예술가들에 맞는 수준의 유저들이 많았으니 판매망은 넓다고 할 수 있었다.

모라타에서 실력을 쌓은 유저들은 위드가 그랬던 것처럼 고향을 등지고 베르사 대륙을 여행하게 되리라.

예술가들은 위험하지만 방랑을 하면서 세상을 배워야 할 필요성이 있었다.

위드가 바라는 것은 그저 본전에 대한 생각뿐.

"작품 1~2개 정도 만들어 주면 좋겠지. 그리고 실력이 일취월장했을 때 돌아와서 대작이라도 하나 만들어 준다면 보람이 있을 텐데."

로열 로드에서 문화에 대한 부분은 여전히 밝혀지지 않은 것들이 많다. 조각사가 영주인 곳도 없었고, 바드의 경우에는 있었지만 문화 예술에 대해 과감하게 투자한 사례는 모라타가 처음이었다.

논이 줄줄 새는 구멍으로만 알았는데, 지난 전쟁에서 다른 마을의 주민들과 병사들이 이탈한 것도 그렇고 지역 정치에 미치는 영향력도 크다. 치안과 경제 발전에도 직간접적으로 도움을 주었다.

만약 문화가 발전하지 못했다면 도둑들이 들끓고 반란이 일어났을지도 모를 일이었다.

"건설 작업도 착착 진행되고 있군."

대성당과 대도서관의 공사가 벌어지고 있는 빛의 광장과 빙룡 광장에는 골격이 대충 잡히고 있었다.

"우와아아아!"

"벽돌을 더 가져와요, 빨리빨리."

왁자지껄한 소리가 들리고 건설 작업에 참여한 수천 명이 바지런히 움직인다.

3층 집 크기의 모형이 세워져 있어서 그 형태에 따라 건설이 이루어졌다.

상인들이 소달구지를 끌고 자재들을 옮기고, 멀리서부터 노동자 부대가 필요한 것들을 채취해서 가져오고 있었다.

모라타의 조각사와 화가도 총동원되었다.

대성당에는 신을 기리는 작품들이 많아야 권위와 신앙심을 널리 퍼트릴 수 있다. 예술가들에게는 대성당의 작업이 커다란 도전인 셈이었다.

"장식품이 부족해."

"벽은? 그리고 천장은? 어떤 색채로 할 건지 맞춰 봐야 해."

"천장은 그림으로 할까, 조각으로 할까? 그림이 낫겠지? 최고의 작품을 만들려면 뛰어난 화가 3명 정도는 있어야 할 거야."

조각사와 화가 중에서 실력이 뛰어난 100여 명이 대성당의 내외장 공사에 투입됐다. 기둥과 바닥부터, 전체를 동시

에 꾸미면서 작업의 진척도가 굉장히 빨랐다.

　대성당에 투입되는 자재들과 인건비는 벌써 적정 예산을 초과해 버렸다. 성직자와 성기사 들이 공사에 보태라고 돈을 내놓았고, 모금 운동까지 벌어졌다.

　"대성당이 완공되면 모라타는 정말 좋은 곳이 될 겁니다. 중앙 대륙의 어떤 곳에도, 영주가 이렇게 욕심을 차리지 않고 투자하는 곳은 없습니다."

　"좋은 퀘스트를 얻을 때마다 지배 길드에 바치는 생활을 하고 싶습니까? 영주의 개발계획에 동참합시다."

　유저들이 영주에게 충성을 다하고 개발계획에 적극 협조하는 건 찾아보기 어려울 정도로 드문 일이었다.

　방송사들에서 대성당 건축과 관련해서 유저들에게 취재를 나오기도 했을 정도다.

　"이곳에 정착한 지 현실 시간으로 6개월 만인데, 완전 좋아요. 처음에는 부족한 건물들도 많고, 편한 곳은 아니었거든요. 그런데 지금은 웬만큼 필요한 건물들은 다 있어요. 없는 것들도 금방 만들어질걸요."

　"막 로열 로드를 하려고 할 때, 모라타에서 초보자로 시작할 수 있게 되었죠. 그땐 번성한 다른 도시들에 대한 이야기를 들으면서 부러워하기도 했지만, 지금은 조금도 후회하지 않습니다."

　"모라타만큼 유저들이 많이 늘어나는 곳이 없죠. 중앙 대륙에서는 사냥터마다 경쟁이 치열하지만 이곳에서는 탐험이나 의뢰, 사냥이 좀 많이 위험해요. 진짜 목숨을 걸고 동료들끼리 뭉쳐서 다니는 맛이 있어요. 위험이 있으니까 활기차서 더 좋다고 할까."

"왜 다른 곳으로 가지 않고 여기서 쭉 지내냐고요? 모라타가 재미있잖아요."

모라타의 무시무시한 발전 속도는 북부의 교역과 탐험의 중심지로서 자리매김을 하고 있는 덕이 컸다.

하지만 유저들은 첫손가락으로 영주의 지도력을 꼽았다.

매달 거두는 세금을 자신이 필요한 곳에 꺼내 쓰지 않고 현명한 정책을 세워 재투자를 했다. 그에 대한 칭송은 위드를 모라타의 지배 군주로 확실하게 유저들에게 각인시키는 효과를 낳았다.

위드는 도시 자금을 영주 마음대로 꺼내서 아이템을 산다거나 비자금을 만들어 꼬불쳐 두려고 하지 않았다.

"모든 직업들이 잠재력을 발휘할 수 있고, 기술력과 상업 그리고 문화와 예술이 꽃피도록 주민들의 세금을 올바른 곳에 투자해야 하니까."

유저들이 한창 늘어나고, 건물들이 올라가며, 경제력이 부강해지면 세금 수입이 늘어난다.

결론은 악덕 영주의 꿈!

대성당에는 건축가, 화가, 조각사 들의 노력이 집대성되

었다.

  예배당의 천장과 벽면에는 거대한 창들이 만들어진다. 내부가 어둡지 않고 신비롭고 장엄한 분위기를 내기 위해 색을 가진 유리, 스테인드글라스를 만들기로 했다.

  화가들이 그린 스테인드글라스에는 빛의 통과하고 굴절되면서, 그림의 매력이 더욱 살아나며 신성력을 상징하는 건축과 미술의 결합이 되리라.

  그리고 조각품들이 계단과 내부를 장식하게 될 테니 더없이 멋진 작품이 될 것이다.

  참여하는 조각사와 화가, 건축가 들의 실력이 최고인 것은 아니었지만, 모두가 노력하면서 만들어 가고 있었다.

거부한 운명

검치 들은 본의 아니게 사냥을 포기해야 했다. 크라켄은 넓은 바다를 돌아다니기에 지정된 시간이 아니면 찾기가 어려웠던 것이다.

항해 스킬이 대단히 뛰어나다면 바다 생명체들을 쫓아가서 잡는 것도 할 수 있지만, 배를 가지고 크라켄을 쫓아가기에는 속도가 너무 느렸다.

"그냥 모라타로 가자."

검치 들은 허전함을 안고 항구로 가서 벨로나 섬에서 모라타로 향하는 배편을 알아봤다.

만나는 뱃사람들마다 고개를 절레절레 흔들었다.

"모라타 근처까지는 가지 않습니다."

"돈은 2배로 드리겠습니다."

"요맘때의 바다는 매우 험하거든요. 파도도 높고 바람이 거세게 붑니다. 그리고 폭풍이 자주 칠 때라서, 북쪽 대륙으로 바로 접근하는 항로는 막혀 있어요."

바다에도 길이 있었다. 계절에 따라서 중앙 대륙 쪽에서 모라타로 향하는 배편은 막히기도 했던 것.

아주 솜씨가 좋은 선장을 만난다면 폭풍우를 뚫고 항해할 수도 있으리라. 문제는 그런 선장들이 그리 많지가 않고, 섬에서 술이나 마시면서 쉬고 있는 경우가 드물다는 것이다.

선원 출신의 유저가, 일주일 정도를 기다리면 왕국 소속의 큰 여객선이 들어온다고 했다. 여객선을 타고 3개의 왕국을 거치면 배편으로 모라타까지 갈 수 있다는 정보를 알려 주었다.

400명이 넘는 검치 들이 항구에 발이 묶였다. 그들이 가지고 있던 작은 배는 떠나기 위해서 다 팔아 버렸다.

다시 배를 구입해서 항해하는 것보다 여객선을 기다려서 타는 편이 훨씬 빨랐다.

그러던 어느 날, 검사백오치가 말했다.

"파도가 거센데… 수영하면 재미있겠습니다, 사형!"

검사백오치는 폭우에 천둥 벼락까지 치는 날 바다 수영이나 하면서 놀고 싶은 마음에 그냥 무심코 한 말이었다.

그런데 사범들의 눈빛이 달라졌다.

"정말 재미있겠는데."

"그러게요, 사형. 여기서 노닥거리지 말고 수영이나 해 보죠."

"우리가 이곳에 온 이유는 맛있는 음식을 먹으러… 아니, 무엇에든 도전하기 위해서가 아니더냐?"

검치 들은 로열 로드를 통해서 몬스터와 싸우면서도 검술을 발전시켰다.

생사를 가르는 전투 그리고 보통 대련에서 경험하기 어려운, 실전을 방불케 하는 긴박감!

현실과는 차이가 있지만 경험이었고, 또한 부족한 부분을 발견하게도 해 준다.

검치 들은 주로 수수께끼를 해결하는 의뢰보다는 단순 전투를 선호했기 때문에 끊임없이 싸움을 하고 다녔던 것.

극한 상황에서의 도전도 정신력 강화를 위하여 필요하지 않은가.

검사치가 수련생들을 모아 놓고 말했다.

"우리 수영해서 모라타에 가자!"

이 자리에 뱃사람이 있었다면, 물고기 회를 떠서 쫓아다니면서라도 말릴 정도의 발언이었다.

바다에 대해 지극히 기초적인 상식이라도 있다면 절대로 하지 않을 무모한 모험.

해녀들조차도 그런 무리한 수영은 하지 않았다.

"날씨도 더운데 그럴까요?"

"사범님, 기가 막힌 생각이십니다."
"어서 모라타에 가서 맥주에 멧돼지나 1마리 잡아먹죠."
수련생들은 흔쾌히 동참하기로 결정했다. 그리고 어떤 특별한 준비도 하지 않고 비가 억수로 쏟아지는데 바다에 뛰어들었다.
항구의 사람들은 정말 감탄하지 않을 수가 없었다.
"이렇게 완벽하게 미친 짓이라니, 완전히 말도 안 되네."
"우와, 진짜 가는 거야?"
그들은 평생 잊을 수 없는 구경거리를 본 것이다.

모라타 방향으로 수영을 한 첫날째에는 그럭저럭 버틸 만했다. 검삼치와 사제들 그리고 수련생들의 괴물 같은 체력 덕분이었다.
"시원하고 좋네."
"진작 이렇게 갈걸 그랬습니다."
그러나 다음 날 밤이 되고 나니, 무예인에 남다른 체력을 가진 검치 들이라고 해도 몸 전체가 노곤해지지 않을 수 없었다.
그나마 그들은 항해와 수영을 하며 물에 대해 많이 익숙해졌다. 흐름을 거스르는 수영을 하지 않고, 물결을 따라가면

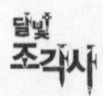

서 호흡까지 일치시켰다.

검삼치를 선두로 하여 검사치, 검오치 그리고 검오백오치까지, 물고기들처럼 한꺼번에 나아갔다.

오랫동안 수영을 하게 되면 힘든 것이 집중력의 저하였다. 실수를 하게 되고, 자칫 잘못 물을 마시면 그대로 깊은 바닷속으로 빠져들게 된다.

검치 들은 사형제들끼리 돌봐 주면서 단체로 개헤엄을 쳤다.

하늘에서 지나다니던 갈매기들조차 아래를 내려다보면 검치와 검둘치를 제외한 503명의 인간 개헤엄을 보며 놀라지 않을 수가 없으리라!

'새로운 어류인가? 잡아먹어야 돼, 말아야 돼?'

괴물 새들도 망설이며 입맛만 다시고 있을 무렵, 하늘에서 비가 떨어졌다.

바람이 거세지고, 조류와 파도도 무시무시해졌다.

-체력이 15% 이하로 감소했습니다.

-차가운 빗닷물에 신체의 움직임이 견지됩니다.

-식인 물고기의 공격을 받고 있습니다.

-파도에 휩쓸려서 떠내려가고 있습니다.

끊임없이 떠오르는 경고 창은 기본!

극한의 무예인 퀘스트를 통과하면서 체력이 많이 늘어났다고 해도 바다를 건너는 건 무리였다.

 검치 들이 멀쩡한 상태였을 때에는 공격을 받지 않았지만, 지치고 피로해지니 식인 물고기까지도 덤벼들었다. 멀리서는 파도 위로 상어들의 뾰족한 지느러미까지도 다가왔다.

 뚜둥 뚜둥 뚜둥뚜둥뚜둥뚜둥!

 마치 공포 영화에나 나올 법한 그런 광경이었다.

 검삼치는 상어를 보며 희망을 가졌다.

 "얘들아, 맛있는 거다!"

 최고의 요리라는 상어 지느러미.

 말로만 들어 봤을 뿐, 먹어 볼 기회는 없었다. 그런데 상어가 이쪽으로 오고 있지 않은가!

 "덮쳐!"

 "먹어 치우자!"

 인간이 상어를 물어뜯기 위해 덤벼드는 기상천외한 일이 벌어지고, 15명의 수련생들이 사망하고 말았다.

 육지였더라면 간단히 사냥해서 잡아먹었을 상어지만, 파도에서 몸을 가누기가 어렵다 보니 피해가 컸다.

 "요놈은 확실히 먹고 가자."

 "찬성입니다, 사형."

 근처에 보이는 섬에 상륙해서 상어 통구이를 만들어 먹고, 죽은 수련생들이 되살아나기까지 기다린 이후에 계속 전진!

허기는 물고기들을 잡아먹으면서 때우고, 갈증은 바다에 자주 떨어지는 빗물을 받아 마셔 해소했다.

그야말로 극한의 고난과 함께하는 수영이었다.

온갖 잡다한 해양 몬스터들이 덤비면서, 피해는 정말 이루 말할 수 없을 지경에 이르렀다.

검치와 수련생들의 레벨이 대부분 300이 넘는데도 네 번, 다섯 번씩의 죽음을 골고루 맞이할 지경!

아직 모라타가 있는 대륙의 북쪽까지는 절반도 오지 못한 상태였다.

이쯤이면 가까운 대륙으로 가거나, 아니면 섬으로 가서 구조 요청을 하고 기다리자는 말이 나올 법도 했다.

하지만 다른 누구도 아닌 검치 들이었다.

힘들고, 어렵고, 위험한 일은 할부로라도 사서 해야 직성이 풀리는 사나이들.

"재밌지 않냐?"

"재밌습니다!"

"목숨이란 이렇게 걸어야 되는 거다."

"목적지까지 쉬지 말고 가죠!"

망망대해에서 수영을 하고 있을 때였다.

멀리 교역선이 보이더니 그들을 발견하고 가까이 다가왔다.

"이보시오! 배가 난파라도 당한 모양인데, 어서 타시오!"

선장과 선원들이 조난자를 구하기 위해서 서둘러 밧줄을

던졌다.

검삼백팔십칠치가 고함을 쳤다.

"여기는… 꾸르륵, 상관하지 말고 가십쇼."

"무언가 오해를 하나 본데, 우리는 해적이 아니오. 육지까지 데려다 줄 테니 어서 올라오시오."

선장은 상인 출신이었다. 바다에서는 조난자들을 구하려는 선량한 마음을 가진 해양 상인!

"우리는 그냥 수영을… 에푸푸! 즐기는 겁니다."

"그게 뭔 소리요. 여기에는 다른 배도 안 보이는데."

교역선과 검치 들이 만난 곳은 바다 한복판이었다.

"목적지가 어딘데 그렇게 수영을 해서 가려고 하시오?"

"모…라타."

검삼백팔십칠치는 수영을 하며 말을 하느라 몇 번이나 물을 마셨다. 평소에는 하지 않을 실수였지만, 체력이 극한까지 떨어져서 잘 움직이지도 않는 팔다리를 억지로 놀리는 중이었다.

"뭐요, 모라타? 거기는 대륙의 북쪽이 아니오?"

선장은 오크에게 글레이브로 이마라도 한 대 얻어맞은 듯한 표정을 지었다.

"진짜 모라타로 가는 거야?"

"어디서부터 수영을 해 온 거야? 이틀 전에는 폭풍까지 쳤는데."

"요 근방에는 항구도 없고 마땅히 수영을 시작할 장소도 없었는데……. 그리고 모라타까지도 마땅한 항구들이 없잖아."

선원들이 혼란스럽게 떠들고 있었다.

상인 출신의 선장은 믿기가 어려워서 배를 이끌고 몇 시간 정도 따라가 보았다.

그런데 정말 모라타가 있는 방향으로 끝없이 수영만 하는 이들이었다.

무지막지한 체력에 놀랐고, 또 버틸 수 없는 상태에 빠져서 깊은 바닷속으로 잠겨드는 수련생들을 보며 다시금 놀랐다.

'저런 체력이라면 엄청난 레벨을 가진 전사들일 텐데…….'

상인이라서 물품에 대한 안목은 남다른 편이다.

검치 들은 가벼운 옷차림을 하고 있었지만 가죽옷만 하더라도 꽤 레벨이 높은, 어떤 것은 레벨 340이 넘어야 착용할 수 있는 장비들이었다.

그런 고레벨 유저들이 수영으로 대륙을 넘어갈 생각을 하다니!

전사들은 보통 잡기 어려운 몬스터들을 사냥했을 때에 스탯이나 명성을 얻는다. 하지만 그런 스탯들은 허무하게 죽었을 때에 잃어버리기도 했기에, 이것만큼은 정말 하기 힘든 모험이었다.

로열 로드를 하는 유저라면 욕심이 없는 사람이라고 해도 스탯과 스킬 숙련도에 대단히 민감할 수밖에 없다. 아이템에 대해서도 마찬가지인데, 이들은 몬스터들이 있는 큰 바다를 맨몸으로 넘어가고 있었다.

선장은 부러운 듯이 한숨을 쉬었다.

"참 행복한 남자들이군."

평일에는 회사에 다니는 그로서는 쌓여 있는 스트레스가 상당히 컸다. 로열 로드에서 항해를 하고 물품을 교역하면서 즐거움을 찾고 있었지만, 검치 들을 보니 불현듯 자신이 초라하게 느껴졌다.

"내가 너무 안주하고 있었던 것 같아."

교역선 선실 창고는 가격이 많이 나가는 귀금속들로 꽉꽉 채워져 있었다. 베르사 대륙 전체를 통틀어서 교역 상인으로서 300위 내로 꼽힐 정도의 유저였지만, 모험에 대해서 스스로를 돌아볼 계기가 되었다.

"이번 교역만 마치고 새 배와 선원들을 구해서 그곳으로 떠나 보자!"

예전에 구했던 바다 지도. 신뢰성이 그리 높지 않다고 판단했지만, 솔직히 종이 한 장을 믿고 떠날 용기가 부족했던 것이다. 큰 바다를 가로지르며 해가 뜨는 곳을 향해 나아가다 보면 해적 섬이든 무인도든, 무엇이든 발견할 게 아닌가.

가슴이 쿵쾅쿵쾅 뛰는 그런 모험을 하기로 선장은 결심했다.

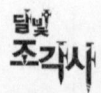

그러나 검치 들이 몇 번씩이나 바다에 빠져 죽고 몬스터에게 먹히는 것을 보았다면, 모험이란 보통 생각보다 훨씬 커다란 대가를 지불해야 한다는 것을 더 절실하게 깨달았을 것이다.

그럼에도 불구하고 검치 들이 네리아해의 안쪽인 벨로나 섬에서부터 출발해 해양 관문을 지나 북쪽으로 수영을 하고 있다는 사실까지 알았더라면!

아니, 어쩌면 여러 말이나 생각이 필요하지 않았을지도 모른다. 조금만 더 과감한 성격이었다면, 선장은 바로 웃통을 벗고 검치 들을 따라서 수영을 했을 것이다.

위드는 빛의 광장 구석에 자리를 잡았다.

자연의 조각품은 여러모로 시선을 많이 끌곤 했다. 구름이나 바람, 흙으로 장대한 풍경을 만들어 내기 때문이다.

"하지만 꼭 큰 것만이 자연의 조각품은 아니니까."

위드가 대륙의 절경들을 돌아다니면서 만든 자연의 조각품은 당연히 베르사 대륙을 떠들썩하게 했다. 방송사들도 목격자들에게 취재를 나오고, 비결에 대해서 무수히 많은 논란이 벌어지고 있었다.

지금은 대장장이나 재봉사 들도 비기를 획득하며 새로운

분야를 개척하고 있으니 아마도 그런 부류가 아닐까 짐작하는 정도였다.

계절의 변화에 따라서 절경의 모습도 달라진다.

위드가 만든 자연의 조각품들 중에는 낙엽이 떨어지거나 새싹이 돋아나는 이변을 보여 주는 것들도 있었다.

그런 장대한 모습들은 비록 인위적으로 만들어 낸 것이기는 하지만, 아름다움에는 한계가 없다.

"작은 것들도 만들어 봐야지. 내가 뭐 스킬 숙련도나 스탯, 명성을 위해서 큰 것부터 만든 것은 아니니까."

위드는 그렇게 자신을 합리화하면서 자리에 앉았다. 그러면서도 뭔가 꺼림칙하고 찔리는 기분이 들었다.

"내가 만날 돈만 밝히고, 부하들을 학대하고 괴롭히는 취미를 가진 나쁜 사람도 아니고… 그냥 만들고 싶은 것부터 만든 것뿐이니까 말이지."

커다란 절경 위주로 작업을 했던 것은 여동생과 여행을 다녀 본 적이 없었기에, 같이 돌아다니는 것이 좋아서였다. 여행지에서 오빠로서 맛있는 것도 사 주고, 유린에게 장비도 맞춰 준 것이다.

"이건 비싸. 더 깎아 주세요."

위드는 명성을 이용하여 잡화점 주인을 압박했다.

"이러면 남는 것이 없는데……."

"장사란 돈을 보고 하는 것이 아닙니다. 사람! 그리고 덕

을 쌓는 것이지요."

"으음, 아주 유명한 모험가께서 하는 말이니 따르도록 하지요."

사냥이나 모험에 필요한 간단한 물건들은 잡화점에서 사 주고, 옷이나 방어구 들은 직접 만들어서 선물했다.

여동생과 같이 다니면서, 그녀가 그림을 그리며 밝게 웃는 모습을 보며 안심이 됐다.

'내가 잘 돌보지 못했는데도 바르게 잘 자랐구나.'

부모님이 없어서 위드가 그 몫을 해야 했다.

제대로 역할을 했는지가 항상 의심스러웠는데, 유린은 인기도 많았고 착한 미소를 자주 지었다.

위드는 어린 여동생에게 동화를 읽어 주던 때를 떠올렸다.

어린아이들의 정서 구축에 매우 중대한 부분을 차지하는 동화!

오늘은 아기 돼지 삼 형제의 이야기를 해 줄게.

부모님으로부터 사립한 아기 돼지 3마리가 집을 지었어.

1마리는 지푸라기로, 1마리는 나무로, 1마리는 튼튼하게 벽돌로 지었지.

그런데 늑대가 침입해 버리고 만 거야.

지푸라기로 지은 집은 콧바람에 날아가 버리고, 나무 집도 부딪치니까 깨져 버렸지.

결국 아기 돼지들은 벽돌집에 모여서 늑대를 물리칠 수 있었어.
이 동화의 교훈이 뭔지 아니?

위드의 기억에 똘망똘망하던 여동생은 눈을 반짝이면서 대답했다.
"튼튼한 집을 지어야 된다는 거야, 오빠?"
위드는 이때 단호하게 고개를 저었다.
"이건 그냥 동화책의 이야기일 뿐이야. 어떤 교훈도 없어. 부동산은 처음부터 끝까지 무조건 입지야!"
"아하."
"내일은 흥부와 놀부 이야기를 해 줄게. 열심히 살던 놀부가 한탕주의에 빠진 흥부에게 당하는 내용인데……."
위드에게 가정교육을 받은 상황!
위드도 그 점을 걱정스러워하고 있었는데 유린이 사람들과 잘 어울리는 것을 보며 안심할 수 있었다.
"이제 도시에서 자연 조각품을 만들어야지."
원래 계획은 모라타를 떠나서 북부 대륙의 대자연을 조각하는 것이었다.
위험한 몬스터 출몰지를 넘어가면 사람의 발길이 닿지 않은 장소가 많다. 데브카르트 대산 같은 장소를 탐험하며 돌아다니면서 자연 조각품을 만들어, 대재앙의 자연 조각술을

익히려고 했다.

최악의 자연 파괴범이 등장하게 될 상황!

"빨리 스킬을 익혀서 몽땅 쓸어버려야지."

산불에, 홍수에, 벼락에, 지진, 해일, 화산 폭발, 빙설의 폭풍.

만들고 싶은 대재앙의 자연 조각술만 줄잡아서 수십여 가지였다.

"완전히 최고의 조각술이로군."

그런데 모라타를 돌아보면서 마음이 조금 바뀌었다.

"자연을 조각하기 위해서, 일부러 사람들이 없는 장소로 갈 필요가 있을까?"

모라타 거리에는 나무가 많이 있었다. 위드가 심어 놓은 과일 나무들이다.

하지만 그런 나무들을 제외하더라도, 도로의 네모반듯한 돌 사이로 꽃과 풀 들이 자라고 있었다.

"사람들은 너무 무심하게 지나가 버리지만, 풀 한 포기도 자연의 일부라고 할 수 있지."

위드는 광장 구석에서 20미터 정도의 공간을 확보했다.

빛의 광장은 새롭게 만들어진 장소이고, 또 대성당 공사가 옆에서 벌어지고 있기 때문에 유저들이 굉장히 많이 오고 간다.

하지만 상인들은 대체로 사람들이 많은 분수대 주변에서

장사를 하려고 했기 때문에 구석 자리에는 넓게 빈 공간이 충분히 있었다.

사실 유저들이 광장에 모이게 된 데에는 여러 가지 이유가 있었다.

여러 물품들을 늘어놓고 장사를 하기 편하고 넓다는 것도 물론 그 한 가지 장점이었다. 하지만 그뿐 아니라, 성 앞에서 겨우 사냥을 하던 초보 시절부터 분수대에서 수통에 물을 채우는 버릇을 누구나 갖고 있었다. 당연하게 분수대 주변에 사람들이 몰리게 되었으며, 그 덕에 상권이 형성된 것이다.

위드는 작업을 하는 공간에 검은 천을 두르고 흙으로 꽃과 풀을 조각하면서 시간을 보냈다.

죽은 자의 힘은 점점 감소해서, 퀘스트의 날짜까지 사흘이 남았을 때에는 140 이하로 줄어들었다.

그때부터는 위드가 만들어 놓은 여러 조각품들에 남아 있던 부정적인 기운들이 말끔하게 사라졌다.

명절에 목욕탕을 갔을 때만큼이나 개운한 기분이었다. 100일이 넘게 자연과 관련된 조각품만 만들면서 해낸 업적!

"이 조각품은 이제 마무리를 해야겠군."

바르칸의 퀘스트를 딱 하루 남겨 놓고 조각품의 마지막 작업이 끝나고 있었다.

퀘스트는 자유롭게 취소할 수도 있었지만, 혹시나 어떤 의뢰가 나올지 모르기에 기다려 보기로 했다.

위드는 구석에서 풀이나 꽃을 하나하나 만들고 있었기에 엄청난 높이의 조각품을 제작할 때처럼 크게 이목을 끌지는 않았다. 가까이 다가와서 본다면 실제처럼 보일 정도의 작품에 놀라겠지만, 마판에게서 마차를 빌려 담장처럼 둘러서 시선을 막았다.

그 덕에 대규모 공사와 장사를 하는 광장의 소란 속에서도 비교적 편안하게 작업을 할 수 있었다.

"이것으로 완성이다."

위드는 흙으로 마지막 꽃을 조각했다.

―만드신 조각품의 이름을 정해 주십시오.

이번에 만든 작품은 여동생과 함께 베르사 대륙을 여행하면서 보았던 야생화들을 집대성한 것이었다.

꽃과 풀이 무성하게 자라 있는 조각품이란, 인형의 눈을 붙이던 시절이 떠오르게 만들 정도였다.

하지만 막상 작품을 완성해 놓고 나니 고생한 흔적을 남기고 싶지 않은 마음!

"놀다가 심심해서 만든 화단? 아니야. 왠지 날카로운 사람들한테는 고생해 놓고 일부러 허술하게 이름을 지은 티가 난다는 소리를 들을 것 같아. 그냥 광장의 조각품? 특징이 부족해."

고생해 놓고, 대충 만든 것 같은 이름을 지으려는 위드의 속셈!

 대성당이 지어지고 있는 빛의 광장 주변이기에 엄청난 인파가 작품을 감상하게 될 것은 분명한 사실이었다.

 작품의 결과가 어떻게 나올지는 모르지만, 지금의 느낌상으로는 나쁘지 않을 것 같았다.

 야생화들과 야생초들이 자라 있는 장소에 나비와 벌, 새들도 함께 조각을 해 놓았다.

 꽃밭에서 날갯짓을 하는 나비, 꿀을 빨아들이는 벌, 꽃나무에 앉아서 둥지를 만들고 있는 새.

 언젠가는 주변에 나무들도 심어서 대자연에 있을 법한 휴식과 평화의 숲을 만드는 것이다.

 "당연히 주로 과일 나무들을 심어야겠지만……. 아무튼 조각품의 이름은 소박한! 화단으로 하지."

 ─소박한 화단이 맞습니까?

 "맞아."

 모라타의 영주로서 주민들에게 이 정도는 어려운 게 아니었다고 보여 주어야 하는 자존심!

 친구들이 연봉을 물어봤을 때에 그냥 얼마 안 된다면서 세금과 연금을 떼기 전의 액수를 말하는 것과 비슷한 이치였다.

 띠링!

명작! 소박한 화단
흐드러지게 꽃들이 피어 있는 화단.
무성하게 자란 야생초와 야생화 들을 표현한 작품이다.
무질서하기 짝이 없지만 자연의 생기가 흐른다.
서적에나 남아 있을 정도로 대륙에서 찾기 힘든 희귀한 꽃들도 조각되어 있다.
한 송이의 꽃마다 조각사의 손에 의해 만개된 아름다움을 표현함.
꽃들의 역사에 기록될 만한 작품.
자연의 힘이 깃든 조각품이다.
예술적 가치 : 3,871
특수 옵션 : 소박한 화단을 바라본 이들은 생명력과 마나 회복 속도가 하루 동안 23% 증가한다.
생명력의 최대치 37% 증가.
작품을 감상함으로 인해 약초학 스킬의 숙련도를 증가시킬 수 있음.
농부와 정원사의 스킬 레벨 효과 3% 증가.
지역에 식물 몬스터들의 성장을 촉발함. 탄생한 식물 몬스터들은 주로 숲과 들에서 자라나며, 비교적 인간들에게 온건한 성향을 가질 가능성이 높음.
고산지대에 차 밭이 생겨납니다.
관광과 농업이 발달한 지역이라면 계절에 따라서 특정 축제들이 발생할 수 있음.
다른 조각품과 중복 적용되지 않음.
지금까지 완성한 명작의 숫자 : 15

–조각술 스킬의 숙련도가 향상되었습니다.

–손재주 스킬의 숙련도가 향상되었습니다.

- 조각품에 대한 이해의 스킬 레벨이 1 상승하였습니다.

- 명성이 625 올랐습니다.

- 예술 스탯이 12 상승하셨습니다.

- 체력이 4 상승하셨습니다.

- 생명력이 380 증가합니다.

- 인내가 3 상승하셨습니다.

- 지구력이 3 상승하셨습니다.

- 명작 조각품을 만든 대가로 전 스탯이 1씩 추가로 상승합니다.

- 자연 조각술 스킬의 레벨이 중급 6으로 상승했습니다.

- 스킬 대재앙의 자연 조각술을 익히셨습니다.

- 조각술 최후의 비기와 관련된 퀘스트 '찬란한 아름다움의 표현법'을 수행할 수 있습니다.
  조각술의 영광의 대지, 그곳을 지키는 사람과의 대화로 퀘스트가 시작됩니다.
  여러 단계로 이루어진 퀘스트로, 난이도가 매우 높으며 실패할 수도 있기 때문에 조각술 스킬들을 충분히 올려놓고 시도하는 것을 권장합니다.

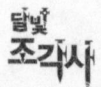

조각술 최후의 비기!

위드는 설마하니 5개나 되는 조각술의 비기를 자신이 몽땅 모으리라고는 생각지 못했다.

조각 검술, 조각품에 생명 부여, 조각 변신술, 정령 창조 조각술, 대재앙의 자연 조각술!

"하나씩 모으다 보니 결국 여기까지 왔군."

최후의 비기.

이것이야말로 꼬박꼬박 동전을 넣어서 돼지 저금통이 가득 찼을 때의 기쁨!

공짜로 얻을 수 있는 건 물론 아닐 테니, 준비가 많이 필요하리라.

"아직 퀘스트를 받은 건 아니지만 이걸 실패해 버린다면……"

배를 가른 돼지 저금통에 돌멩이만 가득 담겨 있는 상황이 되리라.

"커허허허헉!"

위드는 상상하는 것만으로도 고통스러웠다.

지금이야 여러모로 성격이 많이 괴팍해졌지만, 어릴 때를 반추해 보면 한없이 순수하기만 하던 시절도 분명 있었다. 그때로 돌아가서 돈가스를 먹더라도 마음의 안정을 찾기가 어려워지리라.

"아무튼 조각술 스킬은 곧 8레벨이 되겠군."

현재 조각술 숙련도는 고급 7레벨 99.3%. 다음 단계로 넘어가기 위해 겨우 0.7%가 모자란 상황이었다.

조각품을 완성하고 나니, 돌과 흙으로 빚어낸 꽃과 풀이 생기를 머금었다. 바람에 가볍게 흔들리며, 잎사귀들이 점점 푸르게 변했다. 그리고 진한 향기가 사방으로 번졌다.

조각품으로 만든 나비와 벌 들이 아니라, 진짜 곤충인 나비와 벌 들이 날아와서 꿀을 가져가고 꽃가루를 옮겼다.

위드가 조각한 꽃과 풀 들은 처음 만들어졌을 때와 비교해서 외관상의 모습은 전혀 달라지지 않았다. 그런데 그 이후부터 시간을 빨리 돌린 것처럼 근처의 흙과 담장 사이에서 무수한 꽃들이 뿌리를 내리고 줄기들이 자라났다.

아기자기하고 예쁜 꽃망울들이 터졌다.

모라타를 다채로운 색으로 수놓으며 퍼지는 꽃과 풀 들!

빛의 광장을 시작으로 삭막해지려던 도시에 꽃잎들이 날리기 시작했다.

어느새 제법 골조가 올라간 대성당과 대도서관 그리고 시장의 상인들, 용병 길드와 상점, 호숫가에 앉아 있던 유저들이 꽃잎들을 보았다.

띠링!

야생화 축제가 개시됩니다.
야생화 브리피아는 봄을 알리는 꽃입니다.

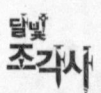

> 베르사 대륙의 북쪽 들판과 언덕, 강가에서 개화하던 꽃으로, 주민들이 사랑을 고백하는 데에 많이 쓰였습니다.
> 축제 기간 동안 주민들의 행복도가 상승합니다.
> 체력 회복에 도움이 됩니다.
> 모라타의 지역 명성을 증가시킵니다.
> 방문객들을 늘려 관광산업의 발달을 촉진합니다.
> 꿀의 생산을 800% 증가시킵니다.

사람들은 브리피아가 화사하게 피어 있는 장소에서 시간을 보냈다.

"어쩌면 좋아. 꽃이 정말 예뻐. 향기도 좋고……."

용기 있는 여성들은, 초보자와 고레벨 유저들을 막론하고 머리에 꽃을 꽂기도 했다.

매력도를 올려 주는 유용한 액세서리!

위드가 의도하지 않았던 야생화 축제였다.

"꽃은 정말 쓸모가 없지. 돈을 주고 사는 사람들을 진짜 이해할 수가 없어. 졸업식이나 입학식에 꽃을 선물해 봐야 다 헛짓이지. 나중에 버릴 때 쓰레기봉투값까지 들잖아."

위드의 마음은 삭막하게 메말라서 선인장조차도 살 수가 없었다. 그저 유린이 꽃밭을 보며 좋아하던 기억 때문에 조각을 한 것인데, 이런 축제로까지 번질 줄은 전혀 예상하지 못했다.

"뭐, 나쁘지는 않겠군. 모라타에 퍼져 나간 꽃들을 유지하는 데 따로 돈이 드는 것도 아니니까. 주민들이 즐거워한다면 이것도 괜찮을 거야."

마차들로 막아 놓고 있었지만, 나비와 벌 들이 조각품이 있는 곳을 중심으로 해서 날아다니고 있었다. 다른 유저들이 무언가가 있음을 알고 달려오는 건 시간문제였다.

위드가 자리를 뜨고 나서, 나비들을 따라서 온 유저들은 조각품을 발견했다.

바르칸의 호출 퀘스트가 시작되는 날.
위드는 모라타에 남아서 조각품을 만들었다.
정확히 자정이 된 시간에, 그의 눈에 불사의 군단과 관련된 영상이 흘러나왔다.

서늘한 안개와 축축한 물이 흐르는 계곡.
오래된 나무들이 제멋대로 꺾여서 자란 음습한 곳이었다.
햇빛도 듬성듬성 비치는 그곳에서 어떤 소리가 들렸다.
덜그럭덜그럭.
부자연스러운 금속과 뼈마디 들의 마찰음이 들리고 난 뒤에, 스켈레톤 부대가 계곡 아래에서 올라오고 있었다.
끊임없이 밀려드는 그들은 계곡을 넘어서 아무도 돌보지

않는 넓은 들판과 숲을 지났다.

어마어마한 숫자의 스켈레톤들이 대열을 이루어서 진군을 하고 있었다.

그들의 목적지는 믿을 수 없을 정도로 큰 바위틈!

벌써 도착한 스켈레톤과 둠 나이트 들이 던전의 내부로 들어가서 전투를 벌이는 중이었다.

"이 냄새 나는 것들아, 썩 꺼져 버려라!"

다리 짧은 드워프가 도끼를 휘둘렀다.

그가 도끼를 휘두를 때마다 스켈레톤들이 박살이 나서 흩어졌다.

엘프와 페어리족, 바바리안 들도 함께 방어선을 구축하고 전투를 벌였다.

"언데드들이 넘어옵니다. 쏘세요!"

아리따운 엘프 소녀들이 활시위를 놓는 순간, 빛의 화살들이 둠 나이트들의 몸을 꿰뚫었다.

불사의 군단과 여러 종족들의 전투가 벌어지는 장면들이 흘러나오고 나서, 화면은 다시 바르칸이 있는 곳으로 바뀌었다.

큼지막한 도마뱀의 뼈로 만들어진 옥좌에 앉아 있는 바르칸!

그의 가슴에는 성검이 신성력을 발휘하면서, 뭉게뭉게 퍼지려고 하는 바르칸의 흑색 기운을 억제했다.

바르칸이 턱뼈를 달그락거리며 말했다.
"곧 불사의 군단이 일어나서… 모든 것을 쓸어버릴 것이다."
띠링!

어둠의 주술사이며 네크로맨서인 바르칸 데모프.
그가 이끄는 불사의 군단과 싸우기 위하여, 대륙의 정의로운 교단들과 여러 종족들이 힘을 합쳤다.
죽은 자들과 산 자들의 싸움!
전투에서 패배한 바르칸은 육체의 일부를 잃어버리고, 생명력과 마나를 봉인한 원천에도 균열이 발생하고 말았다.
바르칸은 소생을 위하여 짐승과 몬스터 들의 생명을 흡수하던 도중에 테네이돈의 수호의 드워프들에 대하여 알게 되었다.
드워프들이 데리고 있는 페어리들의 여왕 테네이돈!
페어리들은 장난기가 많고 지니고 있는 재주가 뛰어나지만, 자유분방한 성격 탓에 크게 세력을 이루지 못했다. 인간과 몬스터들에 의해 페어리들에게 안전한 땅은 갈수록 줄어들었다.
상처 입은 페어리들의 여왕 테네이돈은 다른 페어리들과 함께 드워프들이 있는 장소에서 날개를 치료하고 있다.
테네이돈이 힘을 되찾기 전에 바르칸이 그녀의 생명을 흡수하면 리치의 손상된 마나의 원천을 복원할 수 있으리라.
바르칸은 테네이돈을 먹어 치워 자신의 힘을 되찾고, 페어리들을 언데드들로 만들며 성검을 소멸시킬 것이다.
바르칸이 원래의 힘을 되찾는다면, 불사의 군단은 다시 이 땅에 완전하게 모습을 드러낼 것이다.
바르칸은 제자인 리치 샤이어의 도움을 필요로 하고 있다.

-바르칸 데모프에 대한 퀘스트 정보를 획득하셨습니다.

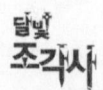

-바르칸이 흑마법으로 그의 제자 샤이어를 위한 게이트를 만듭니다.

위드가 서 있는 영주성의 방 앞에 흑색의 게이트가 열렸다.
"바르칸이 원래 힘을 되찾는다면 무시무시하겠지."
베르사 대륙의 모든 교단의 성기사와 사제 들, 군대와도 대적할 수 있는 언데드 몬스터!
눈앞에 포탈까지 열려 있으니 바르칸의 위협이 위드에게 피부로 느껴졌다.
"포탈 안으로 들어가게 된다면 아마도 바르칸의 제자가 되어 테네이돈의 드워프들을 처리해야 되겠군. 여러 이종족들도 함께."
불사의 군단에서도 마법을 얻고 세력을 키울 수 있을 것이다.
조각 변신술로 얻은, 리치 샤이어의 신분에서만 진행할 수 있는 퀘스트인 것이다.
"바르칸이 모아 놓은 보물들이 엄청 많을 거야."
위드가 성큼 포탈로 발걸음을 옮겼다.
머릿속에 들어 있는 생각은 '돈 돈 돈 돈 돈 돈, 보물 보물 보물'.
그런데 막 들어가려던 순간 걸음을 멈췄다.
"하지만 전쟁에서 패배한 이후로 모아 놓은 보물이 없을지도 모르는데."

대륙을 제패할 뻔했지만, 말 그대로 하려다가 만 거다.
이런 경우는 쫄딱 망했다고 봐야 하지 않는가!

　　　　　　　　　　◈

　유니콘 사의 홍보부 팀원들이 영상실에 모여 있었다.
　로열 로드에서 진행되는 유저들의 모습을 실시간으로 볼 수 있는 장소였다.
　장윤수 팀장을 비롯하여 본사의 팀장급 직원들과, 운영 전담 부서의 직원들도 모였다.
　그들이 보는 화면에서는, 앞에 열린 포탈로 들어갈지 말지를 고민하는 위드의 모습이 나오고 있었다.
　수인혜 대리가 물었다.
　"위드의 결정은 무엇일까요?"
　"아직은 모르겠군요. 어떤 선택을 할지 종잡을 수가 없는 인물이라서요."
　장윤수 팀장도 전혀 예측할 수 없었다.
　보통 때의 위드라면 철저하게 계산적으로 움직인다. 돈, 보상이 큰 쪽으로 달려가는 것이 일반적이다. 1쿠퍼에도 민감하게 반응하는 성격.
　하지만 의뢰와 관련되면 보통 다른 유저들이 하지 않는 선택을 하고, 그것을 바탕으로 모험을 하기도 했기 때문에 판

단하기 어려웠다.

위드가 한참이나 갈등을 하다가 아예 자리에 주저앉아서 조각품을 만드는 것을 보면서, 유니콘 사의 직원들은 쏟아지려는 욕을 참아야 했다.

현실과 로열 로드에는 시간 차이가 있었다.

방송사에서 생방송을 할 때에도 문제가 되었던 부분이지만, 보는 입장에서는 상관할 필요가 없다. 4배나 되는 속도로 영상이 나오므로, 불필요한 부분을 삭제하고 빨리 넘겨 버리면 되는 것이 아니던가.

"앞으로 넘겨 보세요."

현재 진행하고 있는 부분으로 넘겼는데도 계속 조각품만 만들고 있는 위드였다.

그것도 아주 멋있는 조각품을 만드는 것이 아니라, 지네와 송충이를 조각하고 있었다. 아마도 화단에 넣어 두면 무난한 작품이 나오리라 기대하는 모양인 듯!

"한참 걸리겠군요."

"바르간의 퀘스트는 언데드와 네크로맨서 들에게 일대 전환점이 될 수 있는 의뢰인데 빨리 결정하지 못하다니, 아쉽군요."

지금 이 순간, 위드만이 아니라 베르사 대륙의 마법사들 중에서 네크로맨서로 전직한 이들은 모두 바르칸의 부름을 받고 있었다. 위드가 리치 샤이어로서 그 자리에 간다면 중심축이 되어 예측할 수 없는 변화를 일으킬 수 있으리라.

바르칸의 퀘스트 독점도 엄청날 테지만, 베르사 대륙 전역에 있는 네크로맨서들도 포함되는 대규모 의뢰였다.

유니콘 사의 임직원들은 위드를 좋아했다.

조각술의 비기를 5개나 획득하고, 세기의 모험을 하는 조각사!

바드레이나 다른 명문 길드들의 수장과 함께 사람들의 입에 항상 오르내리는 유저였다.

"결정하기까지 시간이 걸리는 것 같으니까 우선 다른 화면을 보죠."

본사의 직원들은 모니터에 다른 장소의 영상을 띄웠다.

대지의그림자.

로자임 왕국을 발견하고, 절망의 평원에 최초로 발을 들여놓았던 모험가 파티!

최근에는 대표적인 모험가로 위드를 꼽고 있지만, 베르사 대륙에 유저들의 발길이 닿은 이래 가장 많은 업적을 남긴 모험가 파티였다.

한동안 사람들의 입에 떠오르지 않던 그들은 숨겨진 의뢰들을 달성했다. 그리고 현재는 13단계로 이루어진 난이도 S급 연계 퀘스트의 마지막 부분을 진행하는 중이었다.

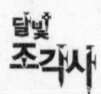

"크흠, 조심해. 여기까지 와서 망칠 수는 없으니까."

"콜록! 무슨 놈의 먼지가 이렇게 많아."

도굴꾼 엘릭스와 도둑 은링, 침입자 벤이 종이와 골동품을 뒤졌다.

퀘스트의 작은 실마리라도 있으면 베르사 대륙의 어떤 곳이라도 달려갔던 힘든 과거가 떠올랐다.

"난이도 C급의 의뢰가 여기까지 올 줄은 정말 몰랐지."

"그러게요. 1년을 훨씬 넘겨서 거의 2년 가까이 진행했잖아요."

연계 퀘스트들을 해결하고, 한편으로는 관련된 부속 의뢰들까지 말끔하게 해결했다. 그러다 보니 의뢰의 난이도가 점점 높아지고, 구해 오라는 물건들도 많아졌다.

베르사 대륙의 역사에 대해 해박한 이들을 찾아다니고, 현자들도 만났다.

모험에서 모험으로 이루어진 여정의 결말 부분.

엠비뉴 교단으로 잠입하여 그들이 가지고 간 물건을 되찾아오라는 발할라 신전의 의뢰!

엠비뉴 교단의 기사들은 레벨이 420을 넘을 정도로 강력하기 짝이 없었다.

물론 레벨만 놓고 보자면 대지의그림자 파티도 그리 꿀릴 것은 없었다. 하지만 발각되는 순간 엠비뉴의 전투 교단에서 사제들과 마법사, 주술사, 암흑 기사 들이 떼거지로 몰려온다.

엘릭스가 우회할 수 있는 통로를 발견하고, 은링이 용병들을 구해서 적들을 유인했다. 신전의 내부로 잠입한 이후에는 사제와 기사 들을 처리해 가며 최단거리로 이동하면서 보관소까지 온 것이다.

신전에는 아직도 남아 있는 기사와 사제 들이 바글바글했다.

"서둘러. 놈들이 언제 이곳으로 들어올지 모르니까."

"먼지 쌓인 골동품들만 가득한데 언제 들어오기나 하겠어요?"

"모르지. 그래도 침입자들을 발견해서 소란이 있었으니 이 안으로도 들어와 볼 수 있어. 조심해서 나쁠 건 없잖아."

NPC의 지능을 우습게 여겼다가는 큰일이 난다. 더구나 그들의 장기는 탐색과 침입, 도굴 등으로 이루어져 있으므로 가능한 한 안전하게 빠져나갈 작정이었다.

"여기를 빠져나가기만 하면 레벨이 2~3개는 오르겠군. 스킬도 많이 오를 거야."

"그나저나 발할라의 신전에서 의뢰한 물건은 어디에 있는 거지."

가득 쌓인 골동품들 틈바구니에서 역사적인 유물들이 아무렇게나 바닥을 굴러다녔다.

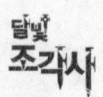

은링이나 엘릭스나 보물 탐색에는 뛰어나서, 귀중한 유물들은 확실히 챙겼다. 나중에 퀘스트와 관련되어서 필요해질지도 모르고, 잘 조사해 보면 고고학 스킬을 크게 높일 수도 있다.

 모험가에게는 필수적인 스킬로, 역사서를 통해 의뢰를 발견할 수도 있었다.

 작은 마법의 등불을 켜 놓고 조용히 작업을 하는 그들!

 퀘스트를 위한 단서를 찾으며, 은촛대나 금으로 된 쟁반 등은 배낭에 넣었다.

 이런 순간이야말로 모험가의 희열이 불타오르는 시간!

 "이거다!"

 벤이 철 상자 안에 보관되어 있던 횃불을 꺼냈다.

 "감정!"

정의의 횃불 : 내구력 23/102. 공격력 49~91.
어둠을 물리치는 횃불.
엠비뉴 교단과의 항전에서 선두에 섰던 발할라 교단의 투사 다라테스가 들었던 횃불이다.
제한 : 명예, 통솔력 600 이상.
옵션 : 모든 스탯 +25.
투사의 스킬 레벨 +2.
스킬의 파괴력 강화, 정확도 향상.
부상에 대한 회복 속도가 40% 빨라짐.
발할라의 축복 사용 가능.

> 야행성 몬스터들의 성향을 억제함.
> 흑마법을 83%까지 효과적으로 방어.
> 매혹과 현혹, 정신 조작에 걸리지 않음.
> 발할라의 투사들을 결집시킨다.

발할라 교단 최고의 투사 다라테스가 들었던 물건!

문헌에 의하면 엠비뉴 교단과의 싸움에서 다라테스가 죽은 이후로 사라졌던 물건인데, 벤이 찾은 것이다.

그때 창고 밖에서 소란스럽게 달려오는 소리가 났다.

"용병들 27명을 벌써 처리한 모양이에요."

"최대한 방어만 하라고 했는데… 10분도 버티지 못했군."

"용병 대기소에서 구한 녀석들이 다 그렇죠, 뭐. 물건은 찾았으니 어서 가요!"

벤이 아껴 두었던 스크롤을 꺼냈다.

귀환의 스크롤!

하지만 엠비뉴 교단의 신전에는 마법 장애가 펼쳐져 있기 때문에 정상적으로 작동하지는 않는다. 신전 근처 500미터 떨어진 지점으로 떨어지게 될 테니, 그곳에서부터는 발바닥에 불이 나도록 도망쳐야 하는 신세였다.

"가자!"

벤은 스크롤을 찢었다.

보관소의 문이 부서지면서 엠비뉴 교단의 괴물 하인들과

기사들이 비집고 들어오는 순간이었다.

기사들이 분노에 차서 뭐라고 말하려 할 때, 그들 셋은 빛과 함께 사라졌다.

"제대로 찾아냈군요."

유니콘 사의 직원들은 손에 땀을 쥐고 그 광경을 지켜보았다.

신전 경계망의 좁은 틈을, 비밀 통로를 찾아내 숨어들고 용병들을 투입해서 뚫는 솜씨는 칭찬해 주고 싶을 정도로 뛰어났다.

최고 난이도의 연계 퀘스트를 13단계까지 진행하다니, 의뢰의 진행 속도가 그들의 예상을 훨씬 뛰어넘었다.

"대지의그림자라는 파티가 받은 퀘스트는 여기서 끝인가요?"

장윤수 팀장은 손일강 실장에게 질문했다.

전략운영실을 제외한 다른 팀에서는 의뢰에 대한 정보를 알지 못하며, 이곳에도 초대받은 손님일 뿐이었다.

"아직 끝난 것은 아니지만 다음부터는 난이도가 확실히 어려워져서 앞으로 더 갈 수 있을지는 저도 잘 모르겠습니다."

"이 퀘스트의 성공으로 무엇이 바뀔까요?"

"앞으로는 유저들끼리의 전쟁만이 아니라 엠비뉴 교단이 정식으로 등장하고, 또한 본인의 의지에 따라 악을 선택할 수도 있게 되겠죠."

"광고를 새로 제작해야겠군요."

유니콘 사에서는 전 세계의 방송국에서 광고를 개시했다.

사실 로열 로드는 더 이상 홍보가 필요하지 않을 정도로 최고의 자리에 올라 있다. 캡슐의 생산량이 따라가지 못할 정도로, 그리고 세상의 돈을 빨아들인다고 해도 과언이 아닐 정도의 기업.

그래서 실제로 그들의 광고는 대륙에서 일어나는 변화들을 유저들에게 보여 주는 역할을 했다. 게임 방송국이나 유저들의 정보 교환만으로는 알 수 없는 베르사 대륙의 여러 가지들을 적당한 때에 알려 주는 것이다.

물론 몇 개월에 한 번씩 광고를 내보낼 때마다 신규 유저들의 숫자는 그야말로 무시무시할 정도로 늘어났다.

드넓은 사막!

하이에나들이 어슬렁거리면서 먹잇감을 노리고 있었다. 하이에나는 개개의 무력은 약하지만 집단 공격을 하기에, 대여섯이 모이면 사자도 꼬리를 말고 피해야 한다.

전갈들이 꼬리를 곧추세우고 돌아다니고, 멀리에는 부족민들이 세운 부락이 있었다.

힘과 강철이 지배하는 전사들의 고향.

화면은 전환되어서 맑은 호수를 비추었다.

물안개가 피어 있고, 나무들이 수면에 비치는 호수의 새벽!

요정들과 엘프들이 커다란 잎사귀를 타고 뛰어놀았다.

그리고 다시 장면이 평원으로 바뀌어서 갑옷을 차려입고 검과 방패를 든 병사들이 대규모로 이동하는 모습이 보였다.

무자비한 파괴와 정복!

전란이 끊이지 않는 중앙 대륙!

요새와 성에서 병사들을 통솔하는 영웅들의 고함 소리, 화살과 마법이 빗발치는 전장의 장면들이 나왔다.

수만 명의 병사들이 싸우는 모습은 웬만한 전쟁 영화보다 더 대단했다.

그리고 어디선가 대거 이동하는 검은 로브를 입은 수도자들의 모습!

그들은 감춰져 있던 신전에서 몬스터들의 사체를 바치면서 제전을 열었다.

엠비뉴 교단의 제7 교주 사흐란이 선포했다.

"준비는 끝났다. 어리석고 연약한 인간들과 엘프, 드워프들을 평등한 파괴의 율법으로 다스리리라!"

중앙 대륙이 전쟁으로 혼란스러운 가운데, 엠비뉴 교단이 정식으로 모습을 드러낸 것이다.

악의 세력의 전면 등장!

영상은 여러 지역들을 빠르게 비추면서 지나갔다. 여전히 몬스터들과의 사냥이 주를 이루거나 평화로운 지역이 많은 베르사 대륙.

산과 들, 강과 호수, 바다, 성, 마을, 요새 들이 흘러가듯이 보였다.

모라타가 있는 북부도 짧게 스쳐 지나갔다.

흑색 거성과 조각품들, 판자촌을 비롯한 주택들이 밀려서 눈곱만큼 작게 보였고, 유저들이 대성당과 대도서관의 웅장한 건축물을 세우는 모습은 알아볼 수 있을 정도였다.

"역시 취소하는 편이 좋겠어."

위드는 흑색 포탈로 들어가지 않기로 결정했다.

불사의 군단에 휘말려서는 나쁜 관계를 너무 많이 지속하게 되는 것이다.

딱 일곱 살 이후로 잊고 지냈던 양심이나 도덕심 따위가 갑자기 떠올랐기 때문만은 아니었다.

베르사 대륙의 북부에서 가장 크고 번성하고 있는 도시는 모라타!

 언데드 군단을 이끌고 모라타를 침략해야 하는 경우가 생기지 말란 법도 없다.

 "바르칸과는 여기서 끝내는 편이 낫겠지. 퀘스트를 포기한다."

> -다시 한 번 확인하겠습니다. '바르칸의 호출' 퀘스트를 받아들이지 않으시겠습니까?
> 불사의 군단과, 바르칸 데모프와 연관된 리치 샤이어의 하나뿐인 의뢰입니다.
> 경고!
> 의뢰를 거부하였을 경우에는 바르칸과의 관계가 악화되며, 그에 따른 적대도 증가로 인하여 이롭지 않은 일이 발생할 수 있습니다.

 무시무시한 메시지를 보면서도 위드는 흔들리지 않았다.
 "가지 않겠다."

> -퀘스트를 거부하셨습니다.
> 신앙심이 50 증가합니다.
> 기품과 용기, 정신력이 10씩 증가합니다.
> 명성이 2,439 감소합니다.

 "역시 사람은 착한 일을 하면서 살아야 돼."
 이 정도의 페널티라면 위드가 생각했던 것보다도 훨씬 적지 않은가!
 충분히 감당할 수 있는 수준을 넘어서, 오히려 기쁠 정도였다.

 끝난 줄 알았던 위드에게 영상이 흘러나왔다.

 꽈과과과광!

 하늘은 온통 먹구름에 덮이고, 벼락이 지상으로 꽂히듯이 내려치고 있었다. 수백 년의 시간을 버텨 왔을 고목이 갈라지고, 들판에서는 빗방울 속에서도 화염이 크게 번졌다.

 언데드의 군주 바르칸 데모프는 언덕 위에 서 있었다.

 벼락이 칠 때마다, 누추한 로브를 입고 있는 앙상한 해골이 비쳤다.

 "샤이어, 너는 나에게서 떠나지 못하리라. 나를 배반한 벌을 받으리라. 영겁의 시간 속에서, 영원한 고통을 당할 것이다!"

 울부짖는 듯한 고함 소리가 천둥 치는 사이로 들렸다. 그리고 땅이 들썩거리면서 언데드들이 일어났다.

언데드들에게 퀘스트가 발동되었습니다.
살아생전 많은 죄를 지었던 언데드들에게 기회가 부여됩니다.
바르칸이 그들에게 명령했습니다.
"나를 배신한 자를 죽여라. 그러면 그 영원한 고통에서 해방될 수 있을 것이다!"
언데드들에게 땅으로, 밤으로 바르칸의 뜻이 전해졌습니다.
처벌을 위해 무덤에서 일어난 언데드들이 모라타를 침공하게 됩니다.

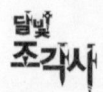

위드에게는 나쁜 소식!

샤이어로서의 인연은 이것으로 끝났지만, 다시 메시지 창이 떴다.

> 뿌리 깊이 파고든 타락의 씨앗은 쉽게 제거되지 않습니다.
> 죽은 자의 힘은 언데드의 권능!
> 삶과 죽음의 경계를 오가게 됩니다.
> 태양이 떠 있을 때는 인간으로 활동할 수 있지만, 원혼들의 힘이 강해지는 밤에는 언데드가 됩니다.

인간 네크로맨서들도 언데드 소환을 많이 하다 보면 죽은 자의 힘에 의하여 실제 자신이 그쪽 분야에 발을 내디뎌 가끔 언데드가 되기도 한다. 저주 스탯의 일종이었지만 자연스러운 과정이었고, 관련 스킬들도 키울 수 있다.

지금은 마침 새벽!

몸이 급속도로 마르고 부패해 갔다.

 -죽은 자의 힘에 의하여 언데드가 되었습니다.

위드의 의사에 따라서 조각한 리치 샤이어나 다른 고위 몬스터가 아니라, 무덤가에서 흔히 녹슨 장검을 들고 돌아다니는 기본형 스켈레톤이었다.

밤의 부름!
바르칸이 특수한 퀘스트를 위해 언데드들을 소환합니다.
언데드들은 소환을 거부하지 못합니다.

위드는 강제적인 힘에 의해 흑색 포탈로 빨려 들어갔다.

TO BE CONTINUED

투검지

풍종호 신무협 장편소설

ROK ORIENTAL HEROES FANTASY STORY

운명과 인연의 씨실과 날실을 해학 속에 자아내는
언어의 마술사 풍종호가 선사하는 아주 특별하고 기묘한 이야기!

명검을 만들기 위해 피와 살을 바친 간장과 막야
그들의 검은 천하최상天下最上의 명검名劍이 되었다.
그리고 여기, 그 영광을 재현하고자 하는 자가 있었다.
그러나 그가 택한 방법은……

"안 돼요! 우리 아기, 우리 아기를 다치지 마요!"
"놔줘! 우리 애를 놔줘!"

아이를 지키려는 부모의 맹목적인 애정이 왜곡되어 태어난 원령
그 원령을 잡아먹은 칼 역귀도와 얽혀 귀기의 세계에 발을 디딘 금모하!
그 밤, 이승과 저승이 교차하며 귀문鬼門이 열렸다!

꿈의 도약, 로크에서 하십시오
(주)로크미디어에서 신인 작가를 모십니다

즐거운 세상, 로크미디어는 꿈을 사랑하고 도전을 두려워하지 않는 작가 분들의 참신한 작품을 기다리고 있습니다. 21세기 장르 문학계를 이끌어 갈 차세대 선두 주자 (주)로크미디어에서 여러분의 나래를 활짝 펴 보시길 바랍니다.

모집 분야   판타지와 무협을 포함한 장르 문학
모집 대상   아마추어 작가, 인터넷 작가
모집 기한   수시 모집
작품 접수 시 유의 사항
　1. 파일명은 작가명_작품명.hwp형식을 갖춰 주십시오.
　1. 파일에 들어갈 내용은 다음과 같습니다.
　　　- 성명(필명인 경우 실명을 밝혀 주세요), 연락처, 이메일 주소.
　　　- 제목, 기획 의도.
　　　- A4용지 1장 분량의 등장인물 소개.
　　　- A4용지 2장 분량의 전체 줄거리.
　　　- 본문.
　1. 작품이 인터넷에 연재되고 있다면, 게시판명과 사이트의 구체적이고 정확한 주소를 기재해 주십시오.

선택된 작품은 정식 계약 후 출판물로 간행되어 전국 서점에 유통됩니다.
작가 분은 (주)로크미디어의 전폭적인 지원하에 전속 작가로 활동하시게 됩니다.
※ 자세한 내용은 로크미디어 홈페이지(rokmedia.com)를 참조하세요.

(140-133)서울시 용산구 청파동 3가 119-2 진여원빌딩 5층
(주)로크미디어 편집부 신간 기획 담당자 앞
전화 : 02-3273-5135
www.rokmedia.com   이메일 : rokmedia@empal.com